Arno Holz e Johannes Schlaf

Papa Hamlet.

Tradução
Douglas Pompeu
Mário Gomes

jabuticaba

Dados Internacionais de Catalogação na Publicação (CIP) de acordo com ISBD

H762p Holz, Arno

Papa Hamlet
/ Arno holz, Johannes Schlaf ; traduzido por Douglas Pompeu e Mário Gomes. - São Paulo : Edições Jabuticaba, 2022.
140 p. ; 14cm x 21cm

Inclui índice
ISBN: 978-65-00-44532-9

1. Literatura alemã.
I. Schlaf, Johannes. II. Pompeu, Douglas. III. Gomes, Mário. IV. Título.

2022-1313

CDU 821 112.2
CDD 830

Elaborado por Vagner Rodolfo da Silva - CRB-8/9410

Índice para catálogo sistemático:
Literatura alemã : 830
Literatura alemã: 821.112.2

Revisão: Agnes Ghisi
Design miolo: Pedro Spigolon
Design da capa: Samuel Lira González
Desenhos: acervo pessoal de Arno Holz, Biblioteca Estadual de Berlim

ISBN 978-650044532-9

Edições Jabuticaba
www.ediçõesjabuticaba.com.br
www.facebook.com.br/Edjabuticaba
instagram: @livrosjabuticaba

NEU START KULTUR

Die Beauftragte der Bundesregierung für Kultur und Medien

Deutscher Übersetzerfonds

"O trabalho de tradução do texto a seguir foi realizada com o apoio do Deutsche Übersetzerfonds no âmbito do programa „Neustart Kultur" do Comissário do Governo Federal para Cultura e Meios de Comunicação Social."

"Die Arbeit des Übersetzers/der Übersetzerin am vorliegenden Text wurde vom Deutschen Übersetzerfonds gefördert im Rahmen des Programms „NEUSTART KULTUR" der Beauftragten der Bundesregierung für Kultur und Medien."

SUMÁRIO

BJARNE P. HOLMSEN.

PAPA HAMLET.

TRADUZIDO

E COM UMA NOTA INTRODUTÓRIA

POR

DR. BRUNO FRANZIUS.

LEIPZIG.

VERLAG VON CARL REISSNER.

1889.

Nota introdutória do tradutor.

Perante o interesse cada vez maior pela jovem e vigorosa literatura norueguesa, especialmente devido aos êxitos de Ibsen, interesse este que se estende a praticamente todas as nações civilizadas, pareceu-me não ser uma tarefa de todo ingrata fazer chegar aos meus concidadãos alemães um autor cujas criações, mesmo ainda não gozando na sua pátria norueguesa do sucesso que merecem, estarão certamente destinadas a atrair atenções para a sua pessoa num futuro próximo.

Este autor é Bjarne Peter Holmsen.

Nascido em Hedemarken, em 19 de dezembro de 1860, como terceiro filho de um pastor protestante ortodoxo e severo, passou a sua infância na antiga cidade comercial de Bergen. Um tio, irmão de sua mãe, que aí exercia a profissão de advogado, acolhera-o, no intuito de aliviar os seus pais, cuja prole, entretanto, aumentara.

Os progressos do pequeno Bjarne no Colégio de Latim foram, no entanto, medíocres, dando poucas alegrias a seu tio. Não parecia vislumbrar-se qualquer perspectiva de que ele pudesse tornar-se seu sucessor. E efetivamente não foi o que aconteceu. Se isto se deveu apenas ao seu escasso talento para as Humanidades, não nos cabe julgar. Em qualquer dos casos, fato é que o futuro autor de "Papa Hamlet", de cujo grandioso senso de humor os leitores deste livro irão certamente desfrutar, reprovara já em seus primeiros exames em Christiania. A principal razão para tal fracasso terá sido um volume de poemas com o significativo título "moscas efêmeras", certamente um reflexo do ânimo do jovem poeta nessa altura da vida. O fato de o jovem poeta ter escrito a grande maioria dessas "moscas efêmeras", pouco merecedoras, aliás, de louvores à sua originalidade, nas salas de dissecação das aulas de Anatomia, poderá ser considerada como circunstância psicologicamente significativa. A sua futura predileção pela realidade crua das coisas era ainda incipiente naquela altura. A experiência de ver as suas "moscas efêmeras" tornarem-se aquilo que, com ânimo profético, lhes havia agourado, isto é, serem moscas efêmeras cuja miserável existência vira seu final abrupto ditado pelos balcões de espeluncas, pode ter sido decisiva nesse sentido.

Os seus estudos pareciam não tomar um rumo certo. Uma nova tentativa de seu tio de resgatá-lo para as ciências, convencendo-o a inscrever-se pelo menos por um semestre na Faculdade de Teologia, fracassou. Assim, a carreira acadêmica de Bjarne Peter Holmsen chegara ao final. Estava perdido para sempre....

Apenas de forma muito relutante é que seu pai, tendo visto as suas esperanças defraudadas, acabou por dar o seu consentimento para que o filho enveredasse pela profissão de banqueiro. O seu ceticismo só seria ultrapassado quando o tio, ele próprio sem filhos e tendo desenvolvido certo afeto pelo sobrinho apesar das preocupações que este lhe dera, declarou a sua disponibilidade em apoiá-lo, enviando-o, com esse intuito, para o estrangeiro.

A grande vida lá fora, as novas impressões, a regularidade do dia a dia de trabalho e, com certeza, estar longe de casa por vários anos: tudo isso serviu para criar uma base. E, de fato, dessa vez não houve equívocos. Quando o jovem Bjarne, após três anos de trabalho exaustivo num banco londrino, seguidos de mais dois anos de estadia em Brest, regressou a Bergen, sua família tinha razões para estar satisfeita com ele.

Essa satisfação apenas voltou a sofrer um novo abalo quando se descobriu que o jovem banqueiro voltara a escrever em paralelo. Assim como a maioria dos seus compatriotas que só tinham a agradecer pelos seus progressos devido a uma estadia no estrangeiro, também ele trazia consigo ideias e pontos de vista que não se enquadravam com a pequenez da sua terra. Nada mais natural, portanto, que o velho poeta que nele habitava voltasse à vida; até porque as grandes novidades e façanhas literárias dos seus conterrâneos, para cuja importância só agora despertara, não deixaram de exercer influência sobre ele.

Contudo, é possível constatar que essa influência não foi ilimitada.

As obras aqui apresentadas, cuja inegável originalidade me encorajou a coligi-las, permitirão por si só ao leitor compreender a rapidez com que o nosso poeta conseguiu singrar na luta por uma individualidade própria. A energia da sua destemida forma de narrar para a qual, mesmo na Literatura da sua pátria norueguesa, se buscarão em vão modelos, parece-me mesmo conter germes que, quando plenamente desenvolvida, poderão levá-la muito além dos limites do tradicional. Pressentimos que se trata do produto vivo de uma Era da qual diremos que os seus anatomistas são poetas e os seus poetas, anatomistas. —

A tradução foi, tal como se deduzirá do que foi mencionado acima, de excepcional dificuldade. As expressões especificamente norueguesas que abundam no original tiveram de ser cuidadosamente contornadas na versão alemã. Creio, porém, ter sido bem-sucedido na maioria dos casos. Não me poupei ao trabalho de substituí-las, sempre que possível, por expressões alemãs.

Não cabe a mim tecer críticas ao meu autor. Mas confesso de bom grado que o estudo que lhe dediquei fez crescer a minha simpatia quanto mais aprofundava os conhecimentos sobre ele. Seria uma enorme satisfação para mim se os leitores deste livro puderem passar por essa mesma experiência.

O fato de a atmosfera de quase todas as suas criações, que o jovem autor, de forma bastante significativa, se recusa a tratar como obras de arte fechadas,[1] preferindo considerá-las como "estudos", ser sombria, não surpreenderá ninguém. Afinal de contas, é o sol da meia-noite das suas origens nórdicas que derrama nelas o seu brilho baço. Em certa medida, contudo, isto poderá dever-se também à influência de circunstâncias de caráter meramente pessoal. Uma doença crônica nas vistas obrigou o jovem a renunciar à sua profissão com apenas vinte e cinco anos. E é preciso partir do princípio de que também o escritor se sente agora afetado por esse mal.

O seu magnífico romance social "Fremud", cujo lançamento se encontra atualmente em preparação, demonstrará se essa doença é suficientemente ameaçadora para suscitar receios mais sérios em relação a tal força.

Em todo caso, até mesmo isso pode ser considerado como mais uma razão para promover este autor. Não queremos que tenha o mesmo destino do seu grande compatriota Björnson, de cuja obra prima já se haviam vendido 70.000 exemplares antes de que, passados vinte anos, fosse traduzida para o alemão.

Dr. Bruno Franzius

[1] Cf. a introdução de: "Um vilarejo junto ao fiorde". Christiania 1887.

PAPA HAMLET.

I.

Quê? Era Niels Thienwiebel? Niels Thienwiebel, o grande, insuperável Hamlet de Trondheim? Sustento-me do ar, e engordo-me com promessas? Vós não podíeis sustentar d'este modo vossos capões? . . .

– Ei! Horácio!

– Já vai! Já vai, Nielzinho! Qu'é que tá pegando? Levo também o baralho de Skat?

– N . . . não! Quer dizer . . .

—

– Raios! Isto, isto é uma, uma — banheira!

O pobrezinho do Ole Nissen não tropeçara nela por um triz. Tinha acabado de passar pela cozinha e engatinhava agora à procura do seu pincenê azul que, com a pressa, voltara a cair do seu nariz.

– Ãh!? Quê? Que tá falando?!

– Que foi, Nielzinho? Que foi?

– Cabeça de ovelha!

– Mas Thiiienwiebel!

– Amalie?! Eu . . .

– Ai! Olha aí! Isto é que!

– Ãh?! Não é?! Patife esplêndido! Meu patife! Meu patife, Amalie! Ãh! Não é?

Amalie sorriu. Um pouco abatida.

– Um garotão!

– Um encrenqueiro! Meu encrenqueiro! Meu encrenqueiro! Ãh! Não é, Amalie? Meu encrenqueiro!

Amalie fez que sim. Um pouco cansada.

– É isso, Herr Thienwiebel! É isso!

Mas Frau Wachtel empenhou-se em vão. Herr Thienwiebel, o grande, insuperável Hamlet de Trondheim, já não queria abrir mão do seu encrenqueiro.

– Ãh, meu velhaco? Ãh?

– É verdade, Nielzinho! É verdade, uma . . . uma . . . esplendorosa instituição! Uma esplendorosa instituição!

– Hoo, hoo, hoo, hopp!! Hoo, hoo, hoo, hopp!! Bumm!!!

O grande Thienwiebel jubilava de prazer. Até ficou de pé numa perna só.

Da parte traseira do seu roupão xadrez pendiam nacos de algodão.

– Mas Thiiienwiebel!

II.

Ser ou não ser, eis aí a questão:
Há mais nobreza d'alma em suportar as ferroadas e frechadas
da fortuna ultrajadora, ou . . .

ou? . . . Horrível!

O grande Thienwiebel deteve-se novamente.

– Que insuportável! Insuportável!!

Os cinco pequenos trapos amarelos atrás do forno, que aí tinham sido pendurados para secar num varal, voltaram a distraí-lo.

– Nojento!

Com as mãos enterradas nos bolsos do seu roupão, plantara-se, exasperado, frente à janela.

Lá atrás, o céu sobre os telhados era de um azul profundo; nas calhas molhadas, das quais ainda pingavam restos de neve, os pardais já ralhavam; um tempo magnífico para sair de casa.

– Pobre Yorick!

Com o ânimo ainda mais turvo, o grande Thienwiebel lançou-se de costas no sofá pequeno e baixinho revestido de popelina azul e melancólico fitou Amalie, por cima das pontas das suas esfarrapadas pantufas verdes.

Os cabelos ralos e argilosos dela estavam desgrenhados, sua camisola parecia hoje mais encardida do que nunca e como era de se esperar estava desabotoada na parte da frente; o filisteuzinho vermelho-cereja que ela, acocorada sobre um banquinho, amamentava com desleixo na mamadeira, pareceu de repente feio como um pequeno sapo.

– Pobre Yorick!

Herr Thienwiebel levantara-se de novo com um suspiro e reiniciou o vai e vem de antes:

. . . . . . ou? ou . . .
em armarmo-nos contra um mar de dores
E fazê-lo parar combatendo. Morrer – dormir –
Nada mais! —

Diante da janela, não quis negar a si mesmo mais uma pequena pausa.

Lá fora, o sol ia desaparecendo. Os telhados de um vermelho-raposa. Contudo, um olhar de relance para baixo, para o seu roupão puído, fez ele voltar a si e a recomeçar seu monólogo:

> Ser ou não ser, eis aí a questão:
> Há mais nobreza d'alma . . .

– Eh, besteira!!

De um golpe, o Shakespeare que ele acabara de tirar do bolso do seu roupão voou para a mesa, onde se deparou com a companhia de um fogareiro, uma leiteira de barro castanho sem asa, uma toalha velha, enfarruscada, uma lamparina e uma fotografia do grande Thienwiebel em moldura de amoreira.

– Ei! Horácio! Horácio! . . . Em casa não! Em casa não . . .

Completamente devastado, arremessara-se de volta sobre o sofá e absorvia-se agora na trágica visão de uma camiseta de criança imunda no chão, diante de si, ao lado de uma caixa de fósforos suecos esfrangalhada.

– Maldição! Se ao menos pudéssemos sair, Amalie! Mas eu receio . . . eu receio . . . que o mundo não esteja suficientemente livre de preconceitos para permitir que um Niels Thienwiebel de roupão e cilindro caminhe por aí à vontade.

Mas Amalie nem sequer respondeu. O caranguejinho absorvia toda a sua atenção. A chupada contraía agora toda a mamadeira.

– Sim! É assim! Assim é, Amalie! E continuam sem me escrever! Eles lá têm a sua gente, gente — gente? Pah! Canastrrrões! Ah! As protérvias que o mérito resignado recebe de homens indignos!

Neste instante, Amalie, que já conhecia o assunto, revirou os olhos.

– Sim . . . no final das contas seria até bom, se você por uma vez . . .

A voz dela soava rouca, afetada.

– Sim, assim será! Talvez . . . com a minha fraqueza e melancolia . . .

O caranguejinho vermelho fazia ruídos com a boca! A mamadeira estava agora praticamente vazia.

– Eu mesmo terei de ir até lá e contentar-me com o que ousarem oferecer-me! A vida é violenta, Amalie! Maldição! Se ao menos tivesse um casaco para sair de casa!

A sua voz de tenor desafinara e de novo ele se lançou sobre o sofá.

Longa pausa . . .

Os telhados, lá fora, tinham-se tingido pouco a pouco de castanho. Junto à grande chaminé arredondada ao fundo, o sol empalidecia.

Frau Thienwiebel começou então a tossir num canto lá atrás.

– Meu Deus, Niels! Preciso da minha inalação! Aqui, pega a criança!

– Claro! Agora também virei pajem! Ah, olha que sou mesmo um farsante. Que melhor coisa pode fazer um homem n'este mundo, do que estar alegre? Quieto, ó crustáceo!!

O caranguejinho vermelho voltou a calar-se. Atônito como nunca.

– Aí! Toma! Mastiga! Come! Engole!

O grande Thienwiebel fazia agora das tripas coração para meter a chupeta na boca de seu rebento malcriado. Mais do que isso não se podia exigir dele!

Entretanto, Amalie abrira a boca do forno e retirara de dentro dele uma panelinha esmaltada de verde. Um vapor com perfume de salva espalhou-se pelo ar. Depois de colocar o pequeno prato sobre uma cadeira ao lado do forno e encontrando-se ela sentada num banquinho à sua frente, abriu a boca e começou a inalar com lentidão a coisa quente.

O grande Thienwiebel, que nesse meio tempo se sentara ao canto da mesa com o seu impertinente caranguejinho vermelho, observava-a pensativo.

– Hm! Sabe, Amalie?

– Hm??

– Sabe? Na verdade, seguimos um método completamente errado para alimentar essa criança, Amalie!

– Ah não me diga!

– Estou falando de um método! Um método *errado*, Amalie!

– Mas . . .

– Confie! É artificial, Amalie!

– Sim, ó meu Deus . . .

– Artificial . . . Não deveríamos amamentar a criança com uma mamadeira!

– Não? Mas, com o quê então?

– Você mesma é que deveria amamentá-lo!

– Eu?

– Claro, Amalie!

– Ah, meu Deus! Eu! Própria!

– Então! Por que não?

– Eu?? Com este meu peito doente e debilitado?

– Ora essa! Isso é imaginação sua, Amalie! Estou dizendo, você está totalmente saudável. Totalmente saudável, estou dizendo! . . . Além disso: uma criança só pode crescer como deve, se for amamentada pela própria mãe!

Herr Thienwiebel estava agora todo fervoroso. O aborrecimento de há pouco parecia ter sido completamente esquecido. Parecia nem mesmo ter notado que a chupeta da minhoquinha estrebuchante no seu colo caíra de novo no chão.

– Confie nisso, Amalie! Estou dizendo, o método mais natural é sempre o melhor! Ora pensa: o que fazem as mulheres negras! Elas não têm mamadeiras! Amamentam seus filhos, veja lá você . . . e, e — então! E eles crescem! Crescem! E então?

– Sim, Niels, mas eu não sou negra!

O grande Thienwiebel sorriu pensativo.

– Ora essa, você precisa . . . eh eh! Precisa me entender, Amalie! Eh!

Amalie debruçara-se novamente sobre o tacho de salva.

– Eu queria apenas dar um . . . um . . . então! Digamos que queria, através de um exemplo, sugerir que o mais natural é sempre o mais razoável. Não vejo porque as negras devam estar mais avançadas do que nós!

– Mas elas são saudáveis!

– Ah por favor! Isso é só você, Amalie, que acha que está doente!

– Eu?

– É verdade, Amalie! Estou dizendo . . .

Amalie começara a impacientar-se.

– Que coisa! Não deixe a criança chorar dessa maneira!

– Até isso, outra vez, é só um preconceito seu, Amalie! Que mal faz isso! Eu li que não há nada mais saudável! Os pulmões expandem-se com o choro! Mas — eh . . . como já disse! Você deveria amamentar a criança! A civilização de hoje, a civilização do mundo europeu . . .

Amalie ignorou a civilização. Apenas se fixou nas exortações que já tantas vezes escutara.

– É! É! É isso! Está certo! Na nossa vida! Vivemos o dia inteiro de café e pão com manteiga! Eu gostaria de saber como é que essa pobre minhoquinha vai crescer assim!

– Ah! Viver no suor fétido de um leito imundo, n'uma estufa de impureza languente, e entregando-se ao amor sobre um esterquilínio! Não é? Você quer me dizer com isso que eu é que sou o culpado da nossa situação, Amalie!

– É! Serei eu?

– Mulher!! . . .

– Dia!

A porta, na qual alguém batia já há algum tempo, escancarou-se nesse instante, fazendo aparecer gingando, com o seu eterno havelock que séculos atrás provavelmente fora cinzento como um lúcio e com o seu chapéu de abas largas caído sobre a cara miúda, fiel e pálida, o pequeno Ole Nissen.

– Dia! Não se incomodem comigo, crianças! Por favor, por favor! Não faça caso, Nielzinho! Não faça caso! Já sei! Está ensaiando uma nova cena! Bem, como já vinha dizendo . . . Raios! A besta é mesmo dura!

Ele tinha acabado de se lançar no meio do sofá de popelina e por um triz não voltara a perder o seu egípcio, que apertava de viés entre os dentes.

– Bem, vejam só! Venho descendo aflito pela Hafendamm. Ãh? E com quem eu trombo então? O inspetor do canal! E quem senão ele? Obviamente o inspetor do canal! Finamente casado, palacete em Bratsberg, no! etc. e tal. Imaginem vocês! Arrastou-me logo até ao Hiddersen, claro, e passando pela porta de sua casa . . . E aí, velhaco? Como vai? . . . Podre! Respondo obviamente. Podre! . . . Hm! Quer saber? Acha que poderia fazer um retrato da minha velha! . . . Hm! Com prazer, rapaz! Com prazer! Mas — eh . . . tinta, veja lá — eh, tela, moldura enfim . . . Ãh! Não é? Galinha generosa!!

Ole Nissen fez as belas e nobres coroas tilintar nos seus bolsos.

– Frau Wach-tel! Frau Wachtell!! Frau Wach-telll!!!

A casa dos Thienwiebel transbordava novamente de alegria. A ansiedade foi adiada por um mais momento.

– Ãh! E isso? É manteiga? E isso? Ãh? É presunto? Ãh? E isso? Ãh? Abram espaço para pratarias! *Silentium*!!

O pequeno Ole voltara a ficar endiabrado hoje. . .

Depois de a "prataria" ter por fim sido retirada e com três quartos do ponche no bucho, Frau Wachtel teve ainda que "arranjar" o baralho de Skat. Foi simplesmente sublime! O grande Thienwiebel tinha posto o seu barrete turco, Ole Nissen até ofereceu de forma galanteadora um dos seus egípcios à velha Madame Wachtel que, no entanto, fugiu de volta para a cozinha, indignada com aquilo. Amalie fumou valentemente com os outros. Os seus bons velhos anos de Ofélia tinham voltado a reviver dentro dela.

– Ah, Thienwiebel! Niels!! Querido!!!

O grande Thienwiebel parou de pé ali e chorou.

– Sou, pois, um covarde? — Ah! Arrancai-me as barbas, e dai-me com elas na cara! Não, encantadora Ofélia! Não! Não chore! A fatalidade impele-me, e torna a mais tênue das minhas artérias tão robusta como os músculos do leão de Nemeia!... Não é, velho Jefté?... Não cuides que te lisonjeio; que vantagens posso esperar de ti, que não tens outros haveres mais do que teu bom humor para te sustentar e te vestir!

A voz dele se quebrou, a mão que pousara sobre o ombro do outro tremia. —

Finalmente, quando o velho candeeiro de vidro apenas flamejava como uma luzinha de petróleo e os primorosos egípcios compunham um belo anel de fumaça prateado e da grossura de um dedo ao redor do seu vidro esverdeado, até o pequeno Ole Nissen se emocionou.

Pouco a pouco, ele foi chegando cada vez mais perto da encantadora Ofélia no sofazinho de popelina azul e só já a tratava por "gatinha". Até apoderar-se das mãos dela, cobrindo-as agora de beijos.

O grande Thienwiebel não fez qualquer objeção. Abrira as suas mãos em sinal de benção sobre eles e somente conseguia abrir o seu coração titubeando.

– Os que estão aqui presentes sabem, e vós deveis ter conhecimento das cruéis alucinações de que sou vítima!

Enquanto isso, no seu recanto, o caranguejinho passava por aflições. Várias vezes chorara durante o sono. Mas agora voltara a acordar e não conseguia encontrar a chupeta de borracha. A encantadora Ofélia não o ouvia. Adormecera já há algum tempo num canto do sofá. E ele chorava agora como se tivesse sido atravessado por um espeto.

Naturalmente, o grande Thienwiebel também não tinha tempo para o sacana. Pegou o pequeno Ole Nissen, que já quase não conseguia manter abertos os seus minúsculos olhos azuis-água, pelo colarinho do seu casaco e declamou então outra vez:

– Ele é um papagaio, Horácio! Um papagaio! Mas, como te disse, vasto proprietário de — esterco!

III.

Não foi de outra maneira! Mas tinha o fígado de uma rola, o grande Thienwiebel, e bastante falta de fel...

Recentemente – nem ele sabia como – perdera todo o seu vigor, desistira dos seus exercícios habituais, e de fato o seu humor andava tão mau que a terra, esta bela criação, lhe parecia um promontório estéril. O céu, esse dossel esplêndido, esse magnífico firmamento, essa abóbada majestosa, constelada de chamas de ouro, afigurava-se-lhe um montão de vapores pestilentos. Que primor de arte era o homem! Como era nobre em sua razão, infinito em suas faculdades! Em sua força e seus movimentos, como era expressivo e admirável! Pela ação, semelhante ao anjo! Pelo pensamento, semelhante a Deus; era a maravilha do mundo! Animal ideal! E, todavia: o que era a seus olhos esta quinta essência do pó? O homem não tinha encantos para ele, nem a mulher tampouco. A época dele estava desconsertada! Era de se acreditar? Mas – eh – continuavam sem lhe escrever. Eram ingratos em Christiania. Pobre Yorick!

Morrer, dormir... talvez sonhar?...

Por enquanto, parecia que certos cuidados antevissem a possibilidade de a miséria do pobre Yorick chegar a uma idade avançada. Em todo o caso, pelo menos os espertalhaços dos estudantes de Desenho Anatômico tinham agora, já há quinze dias, a oportunidade de retratar, lá embaixo na Academia, o grande e insuperável Hamlet de Trondheim nas belas e longas horas da manhã, como guerreiro moribundo. Era uma humilhação, evidentemente, mas dava algum dinheiro. Pena não ser ainda suficiente.

Quando o "pobre Yorick" chegava em casa pelo meio-dia com um apetite de quem acabara de passar vinte e quatro horas a fio a cortar lenha de carvalho e se lançava sobre a grande tigela que a adorável Ofélia colocara, cuidadosamente tapada, sobre a mesa em frente à fotografia do grande Thienwiebel, aquilo com que ele se deparava era apenas uma sopa de batata aquosa, esverdeada, na qual se encontraria, no máximo, um ou outro pedaço de toucinho, preto como carvão, flutuando aqui e ali. Pobre Yorick!...

Parecia que Amelie não enfiava sua camisola no tanque de lavar roupa desde tempos imemoriais. Para que emperiquitar-se? Já que passava o tempo todo em casa.

– Não é mesmo verdade, Thienwiebel?

O grande Thienwiebel achou que responder a isso estava abaixo da sua dignidade. Tinha acabado de vestir o seu roupão velho e confortável, do qual a lã de algodão, pela sua reduzida quantidade, já nem sequer chegava a soltar-se em farrapos.

Tendo aberto o seu William, lançara-se de novo, pensativo, sobre o sofazinho azul de popelina.

> Ah, se esta carne demasiado sólida
> se pudesse fundir, dissolver, resolver em orvalho!

Se o Eterno não tivesse decretado leis contra o suicídio.
Ó Deus! Ó Deus!
A que ponto, gastos, pesados, rasteiros e estéreis
Me parecem todos os prazeres d'este mundo.
Fora com a vida! Fora!

Amalie, que tinha voltado a sentar-se no seu pequeno banco roliço ao lado do fogão e acabara de molhar no café o seu naco de pão com banha de porco, olhou agora para cima, algo surpreendida. Mas quando o "pobre Yorick" interrompeu a leitura e, com o seu William fechado, girou a cabeça para a parede, algo nada habitual de sua parte, certo desconforto apoderou-se dela.

Ainda pensou durante algum tempo; mas a decisão estava tomada. Sua voz soou ainda mais penosa do que de costume.

– Vou começar a fazer trabalhos de costura, Niels.

– Não, Amalie! Nunca! Nunca! Não tolerarei isso nunca! Seria uma negligência imperdoável dos seus deveres maternais mais sagrados!

Voltara a levantar-se de um salto, indignado.

– Não, Amalie! Nunca! Jamais! . . . Enquanto a memória tiver a sua sede . . . n'este globo desvairado.

Batera de forma melodramática com a palma da mão na testa.

Amalie sentiu-se tranquilizada e deu uma vigorosa dentada no seu naco de pão com banha.

– Entre!

Era Frau Wachtel. Ela trazia, mais uma vez, o leite para o pequeno.

O grande Thienwiebel não se contivera na hora de batizá-lo com o nome de Fortimbrás.

– Então, gorducho? Tá emburrado? Ó, meu ratito pequerrucho! Ó!

Como achava que Amalie era negligente no cumprimento dos seus sagrados deveres maternais, ela tomava a liberdade de fiscalizá-la ora ou outra.

Pois Frau Rosine Wachtel encontrava-se na posse de um bom coração. E isso só podia mesmo ser verdade, porque ela própria o afirmava e vertia lágrimas cada vez que o fazia. Contudo, essa sua posse ainda não se tornara perigosa demais para ela. Pois até a data atual ninguém nunca tinha fugido sem pagar, e ela sempre recebera o seu dinheiro; se bem que por vezes tinha sido uma trabalheira. Frau Rosine Wachtel podia garantir a todos...

– Ó, minha minhoquinha! Ó, meu pintinho! Te enfiaram aí assim nesse cestinho!

A bondosa Frau Wachtel estava toda emocionada. Mas de repente, por alguma razão, provavelmente porque alguém subia pela escadaria, pensou que seria melhor voltar rapidamente à cozinha pra ver se estava tudo bem...

O grande Thienwiebel, que esperava com alguma impaciência, pois sentia outra vez algo como um monólogo dentro de si, até as costas arredondadas e triviais de Frau Wachtel finalmente desaparecerem atrás da porta, tinha agora dado, tragicamente, um passo em direção ao pequeno espelho redondo por cima da cômoda, no qual a sua bela e nobre cabeça de Apolo acenava melancolicamente.

– Pobre amigo! Como a tua cara se carregou desde a última vez que te vi!

Amalie já não se importava. Conhecia o seu grande esposo.

– Pobre amigo!

Era este o seu cabelo? O seu belo, famoso cabelo azul-negro? Uma natureza cruel das coisas o impedira, já desde algumas semanas, de retocá-los. Pela testa, essa alta abóbada de pensamentos majestosos, ele caía agora em madeixas, espessas e carnudas, como o próprio tempo, insípido tempo de peito apertado.

– Pobre amigo!

Crendo, desta forma, ter-se preparado o suficiente para a sublime missão que a ele se afigurava, virou-se, lentamente, para o pequeno cesto amarelo, junto à cama, sobre duas cadeiras.

– Pobre homenzinho! Que estrela maligna te condenou a esta miséria!

O pobre homenzinho estrebuchou para ele, rindo.

– Fica quieto! Quieto! Vou dar tudo o que posso! Empregarei todas as minhas forças! Trabalharei, amigo! Trabalharei! Desafiarei o destino; forçá-lo-ei a deixar que você assuma, neste mundo duro, a posição digna dos seus talentos... Sim! É assim que a consciência nos torna a todos covardes; é assim que as cores nativas de uma resolução amarelecem sob os pálidos reflexos do pensamento; é assim que as empresas mais enérgicas e mais importantes se desviam de seu curso, a esta ideia, e perdem o nome de ação!

A sua voz estremeceu, os cordões do roupão que ele havia esquecido de amarrar agitavam-se.

Amalie tinha agora voltado a deixar de lado o seu naco de pão com banha de porco.

– Niels, eu prefiro fazer trabalhos de costura!

– Nunca! Nunca! Não fale isso, Amalie! Pela minha raiva! Não fale isso.

Amalie estava mais calma do que nunca.

Graças a Deus ainda sobrava algo do seu belo pão com banha de porco. O grande Thienwiebel, que perdera um pouco o fio da meada, teve de se esforçar para se orientar. Com o Shakespeare, que ele voltara a apanhar do chão, atrás de suas costas, entre os farrapos de algodão, com os dedos em cãibras cravados na encadernação vermelha de tafilete, voltou a anuir para a pequena e espantada trouxinha. Ela sequer tinha se atrevido a dar um pio todo esse tempo.

– Eu sei... eu morro, amigo! O veneno poderoso afoga-me a respiração. Não posso viver bastante para receber novas da Inglaterra, mas prevejo que a eleição recaiu em Fortimbrás; aprovo-a com voz moribunda; conta os pormenores meus e da minha morte aos insatisfeitos.

O pequeno Fortimbrás ficara todo sério. Nunca tinha ouvido o seu grande papai falar com ele de forma tão humana.

– Aos insatisfeitos...

A chuva lá fora, que, desde o início da manhã, revestira lá ao fundo os telhados castanhos de verniz brilhante, gotejava pelo parapeito de latão, debaixo do qual a adorável Ofélia, mais uma vez, claro, se esquecera de pendurar a bacia de água, e escorria agora pelo papel de parede cinzento até pra baixo do pequeno sofá de popelina azul. No pequeno lago debaixo dele, os dois fósforos queimados até já davam voltas, navegando tranquilamente como gôndolas.

Subitamente, foi como se o grande Thienwiebel tivesse mais uma vez sido picado por algo.

– Amalie! Amalie!

– O que é que foi agora, Thienwiebel?

Ela nem sequer se virou para ele.

– Amalie! É inegável: A criança tem capacidades extraordinárias! Acaba de sorrir para mim. Está mesmo se comunicando comigo.

Amalie apenas grunhiu aborrecida.

– Aposto que já lhe podemos ensinar os princípios fundamentais da fala, Amalie!

– Hm? Ei! Diga lá: a! Ãh?! a–a–a . . .

O pequeno e bom Fortimbrás já não parava quieto de tanta estupefação. Tinha cravado as suas duas mãozinhas gordas à direita e à esquerda na borda do cesto e agora, com a cabeça para trás, lançava ehs ao seu grande papai.

– Não diga eh, meu rapaz! Diga a! Tem de dizer a! E então? Ãh? Aaaa! . . .

– Deixe disso! Ele ainda não sabe fazer nada disso.

Para Amalie parecia finalmente conveniente intervir.

– O quê?! Ele não sabe?! Não diga isso, Amalie! Não diga isso! Olha, que é o meu garoto! Ãh? É ou não o meu garoto? Ãh?

– Mas ele tem apenas três meses de idade!

– E daí? E daí? Bem . . . Eu não quero discutir com você, Amalie. Mas você deve ter reparado agora há pouco que ele percebeu o que eu queria dizer.

Amalie bocejou. Desistiu. Era inútil. Nada disso importava. Assim ou assado.

Mas o grande Thienwiebel não tinha se dado por satisfeito. Não estava disposto a desistir tão facilmente da sua ideia.

– Não, com certeza, Amalie! O rapaz enseja maiores esperanças.

– Ó . . .

– O que há de tão invulgar nisso, Amalie? Sabes que há mais coisas sobre a terra e no céu, do que as que sonha tua vã filosofia, Amalie!

Amalie bocejou novamente.

> . . . e agora, meus bons amigos,
>
> se verdadeiramente sois meus amigos, condiscípulos, companheiros de armas, concedei-me um insignificante favor.

E concederam.

De fato, era bonito demais da parte do grande Thienwiebel! Mas agora ele se inclinara de forma pronunciada sobre o seu pequeno e doce Fortimbrás que ensejava tantas esperanças, no intuito de — oh, pela primeira vez, pela primeira vez em muito, muito tempo, Horácio! — beijar-lhe de novo a sua pequena testa pálida.

Mas não chegou às vias de fato. Retrocedeu cambaleando, mesmo antes de ter levado a cabo os seus belos propósitos.

– Ah!

Os seus olhos viraram, os punhos se fecharam, as duas borlas vermelhas na parte de trás do roupão agitaram-se de indignação.

– Ah!

O enigma de antes, da velha, querida, bondosa e apressada Frau Wachtel tinha-se resolvido de forma brilhante.

Fosse a cor da natureza, fosse a mancha do acaso, em suma, mas, o pequeno Príncipe da Noruega, lá estava ele mais uma vez, bem-aventurado, no meio das suas vastas propriedades.

IV.

Desde que a bela esposa do inspetor do canal, costurada meticulosamente num saco de estopa, finalmente partira, e não tendo, pois, os futuros passeios pelo porto dado qualquer fruto, também não havia mais por onde tirar alguma coisa, ali ao lado, na casa do pequeno Ole Nissen. Sondagens insistentes junto da famosa e generosa galinha não deram em nada. Sua "velha" parecia não o ter impressionado em particular. Pelo menos o pequeno "Tintoretto", na sua última visita oficial, tinha procurado em vão por ela lá fora nas paredes novas e belamente revestidas. Diga-se de passagem, os senhorios tinham infelizmente acabado de sair. Pelo visto, não era só em Christiania que a gente era mal-agradecida.

Já não havia mais lagostas do Hiddersen, nem egípcios, nem a "gatinha"! Obviamente, essa última falta era a que mais amargava o pobre pequeno Ole. Mas não se podia recriminar a pequena por isso. Não era possível se saciar só com crostas de pão amolecidas.

Para a velha, bondosa e amável Frau Wachtel foi, porém, um enorme alívio. É que, certa vez, surpreendera a pequena gatinha posando de modelo para o detestável Ole, e como ela não possuía a mínima compreensão para a coisa, começara a nutrir um ligeiro preconceito contra ela.

Infelizmente nos últimos tempos ela quase não tivera oportunidades para abrir o seu bondoso coração. Em todo caso, com quem ela se mostrava mais insatisfeita era com os estúpidos dos Thienwiebel. O resultado daquela pouca-vergonha, podia calcular-se pelos dedos da mão.

O velho ridículo passava o dia todo estendido no sofá, fazendo caras e bocas, a mulher desmazelada e tuberculosa não tinha sequer tempo para dar um pouco de leite azul ao seu saquinho chorão, os três não tinham nada para comer, e o aluguel — ah, meu Deus! Se ao menos tivessem alguma poupançazinha . . .

– Sim! Isso é que era absinto! O seu espírito estava enfermo! Precisava ser promovido! No centro dos seus favores? Oh! Nada mais certo do que ela ser uma meretriz. Que novas temos? Quando Róscio era ator em Roma . . . Armado, dizem vocês? Muito provável! Muito provável! — Um homem a quem os repelões, ou as carícias da fortuna têm achado sempre razoável, não está sob os dedos da fortuna uma flauta, que vibra pelos buracos que ela quer, um mendigo como ele . . . Nada mais disso!! Continua: chega a Hécuba!

De fato, era inegável: realmente era de dar pena, agora, o grande Thienwiebel!

Oh, mas que miserável, escravo infame era ele!! Não era espantoso? Era crível? Era possível? Eram apenas hábitos que pervertem as mais apreciáveis qualidades, algum vício de temperamento: enfim, mas ele agora voltava sempre a ela: a nada, a Hécuba!

Que vantagem serve, pois, andar de rojo entre o céu e a terra?? Confundido com o pó de que ele era parente, enredado desse modo na cilada . . . não, meu príncipe!! A ratoeira? Ora! . . . Por metáfora! Não escarneças de mim, peço-te, companheiro de estudos: creio que foi para assistir às núpcias de minha mãe!

Pobre Yorick! O sol, com ser um deus, produz vermes n'um cão morto, quando lhe beija o cadáver . . . Pobre Yorick!

A loucura era inimiga do pobre Hamlet. —

Amalie, que finalmente fizera valer sua ameaça e há algum tempo começara efetivamente a fazer algo que ela chamava de tricotagens, suportava tudo com indiferença. Não havia maneira! Afinal, que importava tudo! Assim ou assado.

O pequeno e amável Ole Nissen estava infinitamente mais suscetível. Já que Frau Wachtel fora tão bondosa a ponto de entregar, recentemente, depois de tantos outros objetos adorados, as suas belas calças cor de patê de fígado na casa de penhores, ele estava agora condenado a ficar deitado na cama, ouvindo toda a algazarra através das finas paredes de tábua.

– Oh! infâmia. Olá! Fechem as portas. Houve uma traição! É preciso descobri-la! Tu não sabes rezar! Tira-me os dedos da garganta! Conheces este moscardo?!

Pobre, pequeno Ole! Era medo ou apenas aborrecimento? Mas o suor brotava-lhe gota a gota pela testa.

O grande Thienwiebel parecia ter mesmo cismado com ele! Todas as tardes, às 5 em ponto, não perdia agora nunca a oportunidade de inspecionar o seu "muquifo". Este era ainda mais miserável que o dele, mas possuía a vantagem de permitir um acesso confortável pela janela para o telhado amplo, plano e alcatroado do edifício vizinho, do qual se desfrutava de uma vista agradável para as silenciosas paredes corta-fogo de várias casas de fundo. Um pequeno e humilde pé de ameixa, cujos galhos aleijados pululavam de lagartas e pardais, completava o idílio. O pobre pequeno Ole sempre pressentia o tempo funesto nos seus ossos. O grande Thienwiebel adorava retornar então a certas conversas, tão engenhosas, profundas e coloridas, que deixavam a cabeça do pobre Ole, por si só debilitada pelas eternas crostas de pão, zumbindo.

– Senhor, eu vou passear na sala próxima, quando convenha à sua majestade, esta é a minha hora de espairecer. Tragam os floretes!

Os "floretes" eram duas partes de um escadote que se encaixavam e podiam ser enganchadas pelo lado de fora na cruz das janelas.

Quando os "traziam", a história terminava sempre com as partes devidamente enganchadas e a gente descendo por elas.

– *Hic et ubique*! Mudemos de lugar!

E logo estavam em "Elsenor" e passeavam pela "esplanada". O grande Thienwiebel de chapéu de feltro e roupão, o pequeno Ole de havelock e bragas.

– Recompensarei o vosso zelo. Adeus. À esplanada, entre as onze horas e meia noite irei ter convosco . . . Não é? Sois — eh . . . sois um — peixeiro?!

Vergonha, onde estava o teu rubor!

O pobre pequeno Ole no final já nem sabia: era ele ou era Nielzinho que estava louco.

Mas não valia a pena afligir-se tanto. O grande Thienwiebel sabia muito bem o que estava fazendo. Ele era apenas "doido por nexo". Ele era apenas doido, quando corria o vento noroeste; em estando o vento sul, distinguia perfeitamente um falcão de uma garça real.

Isso de passar a vida posando nu lá na velha e estúpida Academia tinha começado a aporrinhá-lo demais, e como ele não podia esperar que a velha, querida e bondosa Frau Wachtel seguisse hospedando-o de graça por mais tempo, caso ele decidisse abdicar da sua "fonte de deliciosos ducados" assim *sans façon*, um belo dia ocorrera-lhe a grande ideia de começar a fazer-se passar, pouco a pouco, aqui neste mundo áspero e cheio de trabalhos, por um louco de verdade.

– Olá! ó! ó! pajem, vem, meu falcão, vem! Vem! É preciso que eu parta para a Inglaterra; sabei-lo? O céu e a terra! É uma nescidade, uma espécie de pressentimento, próprio para perturbar uma mulher. O quê? Um rato? O ferro está também envenenado? Não! Não, minha senhora! Não é este manto preto como a tinta de escrever, boa mãe, nem este trajo obrigado de luto solene, nem o sopro violento de um suspiro contrafeito: não: também o bálsamo d'ilusão! Jurei-o! Quero apagar do registro da minha memória, todas as lembranças vulgares e frívolas! Não que as juntas flexíveis do joelho se dobrem, aonde possa haver proveito em bajular! Nós afrontamos com os presságios: há uma Providência especial até para a queda de um pardal. Estejamos prontos, eis a que se resume tudo. Raios! Julgais ser mais fácil fazer-me cantar a mim do que a uma flauta? Tomai-me pelo instrumento que vos aprouver, podeis atormentar-me, mas nunca me obrigar a cantar...

Ah! Quê? Malvadez régia!

O pequeno Fortimbrás parecia ser o menos impressionado com essa malvadez régia. Às vezes, o seu grande papai achava mesmo poder deduzir de certos sinais que o rapaz nem sequer notara a sua existência.

Isso tornava-se ainda mais evidente quando se tratava dos "princípios elementares da arte do canto". Pois o "pobre Yorick" não estava nada disposto a deixar que os raros talentos de seu filho, que ensejavam tão grandes esperanças, se atrofiassem por causa da sua terrível loucura.

Estava decidido! Estava decidido, ó encantadora Ofélia! Sim! Digamos, Ofélia! Diabo! Por que não deveríamos dizer, Ofélia? Resumindo: estava decidido. Ele deveria dar uma explicação, dele e da sua causa, aos insatisfeitos... Aos insatisfeitos!...

Assim que ele foi percebendo que, ao seu lado, o pequeno Ole adormecera de novo e que a amável Frau Wachtel tinha voltado a sair, ficando esses "dois em quem ele se fiava como em víboras" "neutralizados" por algum tempo, então a dança começava.

Era como se os "jaezes e as vestes" da sua dor tivessem caído de repente do grande Thienwiebel.

As suas "imaginações, negras como a incude de Vulcano" tinham de novo deixado o pobre Yorick, ele voltara a ficar "domesticado, Senhor!"

– Escutai! Eis-me domesticado, Senhor! Falai! Eis-me domesticado!

Mas o pequeno Fortimbrás, teimoso, não queria. Mais uma vez, na falta do bico de borracha que a adorável Ofélia tinha deixado sabe-se lá onde, ele chupava agora o dedão do pé, babando-se pelo cantinho rosa pálido da boca. Evidentemente, os princípios elementares da arte do canto deixavam-no hoje ainda mais indiferente do que de costume.

Indignado, o grande Thienwiebel erguera-se agora novamente. Esquecera-se, evidentemente, uma vez mais de atar as duas borlas vermelhas na parte de trás do seu roupão.

– Amalie! Para meu imenso espanto, acabo de perceber que Fortimbrás é teimoso!

Amalie, que por causa das tricotagens e para seu grande desgosto fora agora obrigada a mover o seu pequeno e rechonchudo banquinho ao pé do forno para junto da janela, estava prestes a meter a linha na sua primeira agulha do dia. Teve de voltar a respirar fundo . . .

– Teimoso?

– Como estou dizendo, Amalie! Teimoso!

– Ah, não diga!

– Amalie? Estou dizendo uma vez mais — teimoso! Fortimbrás é teimoso! Tei-mo-so!

– Oh, deixe de besteiras! Como é que ele vai ser teimoso?

– Amalie?!

Amalie nem sequer olhou ao seu redor. Mal encolheu os ombros.

– É! É! Já não acredita em mim quando te conto alguma coisa! Desconfia de mim? De fato! De fato! Eu já devia ter adivinhado! Melhor dizer logo de uma vez! Para que tanta cerimônia! Você lamenta é que eu não me esfole ainda mais depressa!

Amalie espirrou. Parecia não conseguir mais se livrar do resfriado. Em pleno verão.

– Claro! Como não? Passamos o tempo — aos espirros! Bebemos café e passamos o tempo — aos espirros! De fato! De fato! Enquanto isso, outras pessoas têm de ver como é que se viram! . . . Mas eu provarei a você, Amalie! Está ouvindo? Eu provarei que Fortimbrás é teimoso! — — Você! Diga a . . . a . . . Então? Vai ou não vai?. . . Ãh? . . . A! . . . Seu malandro! A! . . . A!! . . . Ah! Tá vendo?! Como eu te disse, como eu te disse, Amalie! O sacana berra como se lhe estivessem cortando a cabeça! Ele é teimoso! Não tinha razão?! — Quer ficar quieto, ó sua zebra?! Vai ver se não te cala já!

Junto à sua janela, Amalie se pôs finalmente em alerta.

– Você não quer — bater nele, quer?

– Claro que quero, Amalie! Uma criança não pode ser obstinada! Uma criança carece de educação, Amalie. Um leve corretivo . . .

– Niels!!

– Ora essa! Fora do caminho! Fora do caminho, estou dizendo! . . . Toma, malandro in-fame! Toma malandro in . . . Amaaalie!

– Claro, ó seu burro velho! Você deve achar que pode fazer o que quer aqui? O seu lugar é num hospício! Como pode maltratar uma criança de seis meses dessa maneira?! Como é que se atreve a bater nela!

– Amaaalie!!

Era possível?! Era crível?! Era a sua cara?!

– Amaaalie!!! . . .

V.

– Economia, Horácio! Economia! As iguarias preparadas para o funeral, foram servidas frias na mesa da boda. Eh – ora, vamos. Falando com a sem-cerimônia da boa amizade, que viestes fazer em Elsenor?

O grande Thienwiebel fazia bem em cultivar a sem-cerimônia da boa amizade; afinal, que grande coisa havia de ter vindo fazer o pequeno Ole em Elsenor? Aquilo que vinha fazendo há semanas: pintar placas de publicidade para empresas! Isso rendia lindamente, você sabe!

Abel Gröndal: Loja de materiais e venda de arenque – Lars Brodersen: Alpiste e sementes de cânhamo – Jacob Lorrensen: Todos os tipos de tabaco para fumar e mascar, rapé – etc. etc. Ãh? Né?! Galinhas generosas!!

As belas calças cor de patê de fígado tinham voltado a ter a sua honra, os esplêndidos egípcios iam sendo fumados aos maços, a endiabrada da gatinha mal deixava a pobre, querida, velha, bondosa Frau Wachtel desgrudar-se do buraco da fechadura.

É que era realmente terrível tudo o que agora se via ali dentro. Uma quantidade de panelas de pomada brancas, recheadas de tinta até a boca, como se fossem manteiga, os pincéis de pedreiro descomunalmente grandes que o pequeno Ole mal conseguia manusear, as tábuas belas e grossas, do tamanho de um homem, nas quais agora se liam as coisas mais maravilhosas, mas sobretudo aquele grande, misterioso biombo verde junto ao fogão, atrás do qual a gatinha indecorosa sempre se escondia, tudo isso interessava à velha, querida e bondosa Frau Wachtel imensamente. Nunca antes se sentira tão satisfeita com a sua condição de senhoria. Os aluguéis atrasados que mais se acumularam tinham sido pagos, por isso já não se tinha que preocupar tanto com os preguiçosos dos Thienwiebel, sim, sim! Nosso Senhor!

A encantadora Ofélia tinha voltado a cair na sua habitual letargia. Arrependera-se profundamente da sua conduta. A única coisa que finalmente lhe restava da vida era a sua panela de sálvia.

O seu grande marido só a desprezava . . . Entretanto — eh . . . já lhe tinham escrito, mas — e . . . eh! como chegaram a essa errância? Uma residência fixa seria mais vantajosa para a reputação do que para os interesses! Em suma, era apenas uma trupe de teatro itinerante e o grande Thienwiebel tivera receio de se degradar. Enquanto o pequeno Ole ainda estivesse ali ao lado . . . em suma, ele fez o que os seus negócios e obrigações exigiam! Porque . . . eh . . . toda a gente tem os seus negócios e obrigações!

Mas quem sofria mais era, decididamente, o pequeno Fortimbrás. Os seus dentinhos tinham dado cabo de seu belo bico de borracha. Já nada lhe dava alegrias; nem sequer gritar.

Tinha-se tornado um pessimista absoluto. Parecia ter perdido todo o interesse pela sua futura profissão de explicar aos insatisfeitos quem era o seu grande pai. A sua pequena linguazinha estava cheia de manchas, as mãozinhas estavam brancas como massa de bolo, e muitas vezes passava os dias dormindo.

Esta noite, contudo, ele estava visivelmente animado.

Os dois candeeiros brilhantes na mesa, a quantidade de gente, o alarido, a rosca de açúcar estranhamente grande que lhe tinham posto na mão de forma tão inesperada: ele não entendia nada disso. Só mais um pouco de açúcar em pó! —

As senhoras tinham tomado assento no sofá, a gatinha que pertencia ao grupo dos homens sentou-se frente a frente com o pequeno Ole, o grande Thienwiebel presidia. O magnífico ganso no meio da mesa, em cujo esplêndido costado crocante tinha acabado de espetar, com vigor, o seu trinchante cintilante, espalhava o seu perfume pela pequena sala. Os dois candeeiros, da direita e da esquerda, brilhavam através do vapor como que através de uma neblina. Frau Wachtel, que no seu canto do sofá se sentia como numa bandeja, respirava pesadamente. Hoje levava vestida a sua "seda".

– Bem-vindos, todos vocês, cavalheiros! Depressa à obra, como os falcoeiros franceses, e atiremo-nos sobre a primeira coisa que apareça! Pelos céus! Faço um espectro d'aquele que me agarrar!... Ah! É virtuosa, minha bela Senhora?

– Thienwiebelzinho?

O pequeno Ole, que tinha acabado de se lançar sobre a sua pomposa asa, piscava os olhos de regozijo. Hoje, a gatinha estava pronta, mais uma vez, para ser devorada às mordiscadas!

– Thienwiebelzinho?!

A adorável covinha no seu dedinho cor de rosa exibia-se agora pra valer.

– Thienwiebelzinho? Tem algo aqui!

Mas o grande Thienwiebel que agora enfiara o guardanapo debaixo do seu azulado queixo duplo, sentia-se novamente à altura da situação.

– Pensais que eu teria na mente alguma ideia grosseira? É uma ideia natural jazermos no . . .

– Nielzinho!

O pequeno Ole achou que já não era sem tempo.

Tinha-se servido do seu magnífico Porter e o brandiu jovialmente contra o novo candeeiro.

– Galinha n.º 25!

O seu belo jubileu não podia virar água assim sem mais nem menos.

– Galinha n.º 25!

A gatinha estava agora toda corada de prazer. Os dois pequenos brincos prateados cintilavam nos seus lóbulos, o narizinho atarracado parecia de maçapão.

– Bravo, gorducho! Viva! Galinha n.º 25!

Brindou com ele efusivamente.

Frau Wachtel limpou a garganta. O vestido de seda tinha ficado um pouco agarrado.

– Quer — quer um pouco de molho, Frau Thienwiebel?

Amalie anuiu. O seu prato já estava transbordando, mas: afinal nada importava. Assim ou assado.

Lá no fundo o seu grande marido procurava condescender de novo.

– Ora, ora, linda Senhora! Ora — eh — o sol, com ser um deus, produz vermes n'um cão morto, quando lhe beija o cadáver ... Ah! Inferno selvagem! Quem é aquele cuja dor se apresenta com tal ênfase?!

Era o pequeno Fortimbrás. A sua rosca de açúcar tinha acabado de cair pela borda do cesto na ponta da cadeira, partira-se em duas e encontrava-se agora espalhada em pequenos pedaços pelas tábuas sujas do assoalho.

– Toma, tu, incestuoso, sanguinário, dinamarquês danado! Bebe o resto! Vou levar o gorducho para o quarto ao lado!

Mas, preocupada, a gatinha já tinha deixado o garfo tilintar no seu prato.

– Ó! Não mesmo, Thienwiebelzinho! Não mesmo!

Levantara-se com um salto e estava agora debruçada delicadamente sobre a borda tosca do cesto.

– Ó meu bonequinho de açúcar! Meu tesouro! Que rapazinho tão pequenino e tão fofo! Pois, também quer um pouco, não é? Ó, meu amorzinho!!

Tinha agora tomado o pequeno Fortimbrás ao colo e beijava-o sem mais nem menos.

– Quer um pouco, gorducho?

Beijo! —

– Quer um pouco, gorducho?

Beijo! Beijo, beijo, beijo!!

O pequeno Fortimbrás regozijava. Nunca tinha vivido nada assim. Estrebuchava que era uma coisa. Ria! Às gargalhadas!

– Grrr... grrr... grrr... eh! Grrr... eh!

O grande Thienwiebel seguia ali sentado. O colete desabotoado em baixo, as sobrancelhas levantadas tragicamente.

– Que sapeca é o – eh – rapaz!... Por Deus, Horácio, anda por três anos que eu faço uma observação: o século vai-se tornando singularmente bicudo, e o dedo do pé do camponês toca tão de perto o calcanhar do homem da corte, que o esfola!

Mas o pequeno Ole mal prestou atenção. A gatinha interessava-o muito mais. Parecia agora uma pequena dona de casa.

– Então, gorduchinho?

Até Frau Wachtel esbugalhou os olhos. Amalie papava.

– Sim, meu rapaz! Todos comem, e o meu gorduchinho não terá nada! Como? – Isso ele não aguenta! Como? – Por favor, Frau Thienwiebel! Passe-me lá aquele pedaço de biscoito que está na cômoda. E o leite, por favor!

Frau Thienwiebel levantou-se, com esforço, e trouxe o que lhe pediam.

A pequena gatinha amoleceu o biscoito e começou a dar de comer ao pequeno Fortimbrás. No seu prato, onde além de três maçãs assadas havia apenas alguns pequenos pedaços de pele gordurosa, ela sequer beliscava.

O pequeno Fortimbrás arrulhava de regozijo.

– Eh? Quer mais um pouco, gorduchinho? Mais um pouco?

Agora, o pequeno Ole tinha se debruçado curioso sobre a borda da mesa. O seu bigode cheirava, naturalmente, a tinta da china.

– Ora! Ora! Olha só, gorducho! Vejam como o pirralho se deleita! – O quê?! Mais?! – Nô! Nô! Nada de gritarias! – Assim!

Frau Wachtel estava agora emocionada, com lágrimas nos olhos. E sempre que tinha lágrimas nos olhos, nunca se esquecia de contar a história da sua falecida filha adotiva. E isso acontecia com certa frequência.

– Mas veja! Ela era um anjo, Frau Thienwiebel! Um anjo!

Frau Thienwiebel mastigava.

Frau Wachtel descrevia agora em pormenor as maleitas do anjo e como tinha morrido. O nome dela era Malzinha e fora dotada de uma paciência celestial.

– Sim, como vê, Herr Nissen! Ela era tudo para mim! Consolou-me mesmo quando a morte já se assomava. Era um anjo.

Lembrara-se agora do seu lenço e pressionou-o alternadamente contra os olhos.

– Oh, não chore, mãezinha! Não chore! Em breve estarei junto do Senhor!

Chorava agora de tal forma que as lágrimas rolavam cara abaixo para cima de seu vestido de seda.

O pequeno Ole andava já há algum tempo a mexer-se de um lado para o outro na sua cadeira. Tinha andado a fazer pontaria aos adoráveis pezinhos debaixo da mesa e acabara por dar com os velhos e fleumáticos chinelos de feltro da adorável Ofélia.

Corara extraordinariamente.

– Sim! Mas veja! Ela era tudo o que eu tinha!

O pequeno Fortimbrás chapinhava de prazer.

– Grrr . . . grrr . . . grrr . . .

Esse rosto amigável e fresco com os olhos brilhantes e os cachinhos loiros pairando sobre ele — não conseguia parar de rir!

– Grrr . . . grrr . . . grrr . . . Eh!

As suas mãos tinham-se estirado e a pequena gatinha deixava-o puxar agora pelos cachinhos que lhe cobriam a testa.

– Não, gorducho! Mas veja só! Mas veja só!

O pequeno Ole assoou o nariz. Estava como que encharcado de sangue.

– Sim, eu sei! Nunca passou tão bem, né, gorducho! Não é mesmo?

Por fim, até Frau Wachtel se debruçara sobre ele. O lenço dela encontrava-se de novo cuidadosamente dobrado no seu colo, e fazia-lhe cócegas benevolentes por baixo do queixo.

– Ah, meu pintinho! Ah, meu ratinho! Te deixaram passar fome por tanto tempo!

A voz dela estremeceu, ainda parecia toda chorosa.

Amalie passou um pedaço de pão pelo seu molho.

O grande Thienwiebel tinha voltado por sua vez a recostar-se na sua cadeira e fitava agora, sublime, de mãos nos bolsos, as duas manchas amarelas de luz que as lâmpadas pintavam tremeluzentes no teto.

Pois tudo quanto um pobre homem como Hamlet . . . Basta disso!

O resto foi silêncio . . . .

Finalmente, retirou-se a mesa. Frau Wachtel que não jogava Skat refugiara-se com a sua seda, o seu lenço e o segundo candeeiro lá para trás na cozinha, Amalie acocorou-se de novo no seu pequeno banquinho junto ao fogão. No final, tinha ainda besuntado um pedaço de pão com o molho gorduroso do assado.

Fazia bastante frio na sala. O fogo tinha se apagado e não havia mais lenha. O grande Thienwiebel, cujo roupão, entretanto, deixara de ser compatível com as cartas de Skat, tinha se embrulhado no cobertor vermelho.

– Faz muito frio; o ar está fino e cortante! *Tourner*, Horácio!

– *Passez*, Nielzinho!

– Idem, Thienzinho!

– O que é, marreco?

– Vai logo, é pra hoje?

– Ah, sim! – Toma, marreco!

– Vai logo, anda.

A gatinha tinha pegado, com a ponta dos dedos, o cigarro que o ansioso e pequeno Ole lhe passara e fazia agora uma careta como se o fumo a incomodasse. Sabia que lhe caía bem! Obteve sucesso imediato, quando o seu gorducho lhe roubou um beijo.

– Oh, não! Que desaforo!

Dera-lhe uma joelhada por debaixo da mesa.

– Ás de espadas! Não é, Wiebelzinho?

– Muito bem, bela dama! Muito bem! Primoroso, de lascar! O que é que haveria de temer? Eu — eh — próprio sou — eh — hm! — regularmente virtuoso . . .

O pequeno Fortimbrás, entretanto, tinha caído no esquecimento geral. "Findo o festim, quando seus pecados desabrochados eram frescos como o mês de maio", encontrava-se agora "embalado em segurança" no seu cesto, lá ao fundo, no recanto escuro e olhava, tristonho, para o fumo do charuto que se espalhava em camadas espessas em volta da campânula verde. Desde que nascera, não o tinham tirado do seu canto com demasiada frequência. A sorte inesperada de hoje fez ele desejar a luz que ardia ali ao fundo. O colo, a rosca de açúcar, os cachinhos . . . começara a grasnar de novo.

Amalie não se mexeu. O malandro só queria é que o pegassem sempre no colo. Uma vez pra ela já era o bastante.

– Trunfo de copas, Nielzinho!

– Que disse sua excelência?

– Eu disse: Trunfo de copas, Nielzinho! Trunfo de copas!

– Ah, sanguinário e obsceno celerado! Impossível entender uma palavra com esta gritaria danada! Se não se calar agora mesmo, seu fedelho infame, vai apanhar até ficar azul que nem um mirtilo!

– Não! Ole, está me beliscando! Ai!

– Ora então, marreco. Deixa dessas coisas!

Nesse momento, o sofá estava suficientemente entretido consigo mesmo.

Amalie, que já cabeceava no seu pequeno banquinho, mal pestanejava de tanto sono. O grande Thienwiebel estava a salvo de uma segunda bofetada.

Aproximara-se do cesto, enrolado no seu cobertor vermelho, e desatara agora aos gritos, furioso, com a pobre trouxinha.

– Quer ficar quieto, ó — saco de piolhos!?

Mas o "saco de piolhos" não ficou. Ele também queria jogar *va banque*. Gritava agora como se quisesse estourar os seus pequenos pulmões.

– Mas . . . Isto é indescritível! . . . Vai ver só. Ó . . . Ó — verme! Espere só!

E bateu tanto nele que até chiava. Como isso não solucionou a questão, arrancou a almofada de debaixo dele e a apertou contra a sua cara.

Por um instante, o pequeno Fortimbrás ficou agora completamente silencioso. Era como se a gritaria tivesse sido cortada abruptamente.

Mas o grande Thienwiebel estava longe de ter ficado satisfeito.

– Patrono inútil!

Fazia agora ainda mais força na almofada.

O pequeno Ole soltara a pequena gatinha que continuava vermelha de raiva. Ele tinha ficado realmente assustado.

– Pelo amor de Deus, Nielzinho! Ele tá sufocando!

– Ah, que disparate! Isso não acontece assim tão rápido!

De fato! Não aconteceu assim tão rápido. Pois quando o grande Thienwiebel após algum tempo soltou a almofada, o pequeno Fortimbrás arfou desesperadamente, tentando apanhar ar, mas logo seu pai recomeçou.

– Ole!

Indignada, a gatinha havia saltado do seu lugar. O terrível travesseiro estava novamente colado ao pequenino.

– Ole! Você vai tolerar isto?

– Ah, que foi!? O malandro sabe muito bem o que faz! Não deveria gritar! Ele faz por pura maldade! Já não aguentamos mais!

– Bah! Ole, venha pra cá. Deixe aí esse velho — babuíno em paz.

– Ba . . . Ba . . . Ba . . .

O pequeno Ole olhava agora para o seu relógio, embaraçado.

– . . . Babuíno?!!!

Finalmente, o grande Thienwiebel voltara a si!

– Fora, digo!! Para fora!

Mas eles já tinham saído. Por um momento ele ainda os ouviu lá fora atravessando a cozinha; então, finalmente, a porta ao lado fechou-se.

Ele ficou ali de pé plantado! Em volta dos ombros levava o cobertor vermelho, na sua mão direita o pequeno travesseiro azul. Ao fundo, no cantinho do forno, a encantadora Ofélia.

– Toma! Ninfa!

Atirara a almofada à cara dela. —

VI.

Desde que o seu desprezível segundo esposo fugira para o Canadá de forma tão desleal a bordo da "Selma Gorda", cinco anos atrás, a querida, bondosa e velha Frau Wachtel não tivera de aturar tamanhos desgostos.

Não eram apenas os saltos das botas que tinham deixado marcas por toda parte no sofá, não era apenas a cruz da janela que estava totalmente desfeita pelas estúpidas peças de escadote que agora jaziam quebradas lá embaixo sobre o teto de papelão, não: até o papel de parede estava todinho manchado de cima a baixo com tinta a óleo! Parecia que o miserável, pequeno besuntão tinha passado o tempo todo espremendo seus pincéis porcalhões nas paredes. Diabos, que nojo!

Mas a ela já não importava! Porque é que não tinha despejado essa corja há tempos! Se ao menos tivessem sido aqueles loucos dos Thienwiebel que tivessem ido embora. Mas esses nem Satanás levava! Estavam agarrados a ela como carrapichos!

A velha, querida e bondosa Frau Wachtel estava completamente fora de si. É que realmente tivera má sorte com a sua gente. O pequeno Ole tivera mesmo o desplante de lhe deixar uns tantos "badulaques" velhos, cujas imagens não prestavam nem mesmo para serem pendurados sobre o sofá.

– Uma ação que estraga o carmim e a graça do pudor, que transforma a virtude em hipocrisia, que tira a rosa da fronte pura do amor inocente, e deixa em seu lugar uma chaga... Ah!

Porém o grande Thienwiebel buscava agora em vão fazer-se de simpático. O seu "bálsamo d'ilusão" já não surtia efeito. Frau Rosine Wachtel exigia agora o pagamento do aluguel energicamente.

Hoje era dia sete: se ele não lhe tivesse pago tudo até ao décimo quarto dia: — rua!!

Sim!... Morrer – dormir – nada mais! E dizer que por esse sono pomos termo aos males do coração, e as mil torturas naturais, que são a herança da carne, eis um desfecho que se deve ambicionar com fervor! ... Sim! houvera tempo em que isso passara por um paradoxo! Paradoxo!... Mas hoje era um fato, de que havia prova inconcussa! Pobre Yorick!...

O grande Thienwiebel sentia que as suas forças se extinguiam. Ele queria trabalhar, amigo! Trabalhar! Ele queria invocar todas as suas forças. Ele — ele... Ele queria ir à "procura"! – Me deixe! Ele foi assassinado, Amalie! Ele foi assassinado!...

Tinha remendado o seu velho casaco verde-azeitona e deambulava dias inteiros pelo bairro portuário —

– Ah! Morto?! Morto por um ducado?! . . .

Mais uma vez encontrara uma desculpa esplêndida. Ó, malvadez régia! Já quase que não precisava voltar para casa à noite. Vadiava por todo o lado o mais que podia. E havia ainda — eh: colegas! Gente! Gente? Bah, canastrrrões! Mas — eh . . . eles — eh . . . Enfim! Eles cuidavam das refeições dos atores! Raios! Havia ali o que quer que fosse de sobrenatural! Se a filosofia pudesse explicá-lo! . . .

Mas a filosofia não conseguiu explicá-lo. O grande Thienwiebel nunca chegou a entender.

Pouco a pouco perdera-se pelas tabernas portuárias lá embaixo. Vários estivadores tornaram-se compadres. Antes de "o galo, que é o clarim da aurora" cantar com insistência por várias vezes, era raro ele voltar pra casa, aos tropeções pela escadaria acima.

Amalie continuava a ocupar-se com as suas tricotagens. O torpor a havia transformado gradualmente numa mera máquina. A encantadora Ofélia que vivia nela estava agora definitivamente enterrada. Para todo o sempre! . . . O seu peito ficara ainda mais debilitado . . .

O pequeno Fortimbrás sofria agora de forma ainda mais miserável. Tinha a carinha inteira salpicada de pústulas vermelhas. Uma caixinha de unguento de zinco, o qual inicialmente a família ainda pudera comprar, jazia agora esborrachada e empoeirada atrás do fogão. Nunca mais voltara a ser preenchida novamente.

O grande Thienwiebel não estava completamente errado: toda a economia da sua casa era o resumo e a crônica abreviada do seu tempo.

VII.

Doze!...

Exausta, deixara-se cair de novo no banquinho para os pés. O fogão atrás dela estava gelado. Através da sua camisola, sentia distintamente cada azulejo. Tremia!

Lá fora, os últimos sons ainda zumbiam e estremeciam, a pequena lamparina de sebo, enfiada numa garrafa verde de cerveja, bem à sua frente sobre um caixote tombado, entre utensílios de costura, estalava no frio.

Frau Wachtel roncava no cômodo ao lado, e lá atrás o pequeno Fortimbrás dera mais uma volta, agitado, no seu cesto. Estertorava aos soluços, como se algo tivesse se rompido dentro dele.

Lá fora, mais um pingente de gelo acabara de se espatifar no parapeito da janela. Muito perto dela, debaixo da cama, ouvia-se agora claramente o roer agudo de um camundongo.

Doze!

Voltara a deixar cair os utensílios de costura. Os seus dedos contraíram-se tortos e retesados, quase não os conseguia abrir. Os contornos das unhas estavam azuis. Ela agora as bafejava. Seu hálito fervilhava como poeira cinzenta em redor da pequena chama trêmula. Uma mosca tardia que caíra junto do pavio negro no pequeno tacho redondo de sebo ia-se calcinando lentamente. De vez em quando, crepitava . . . .
. . . .

– Pega! Pega! Socorro!! Socorro!!

Sobressaltara de susto.

Olhou para cima. O seu rosto pálido e lânguido tornara-se ainda mais estúpido.

– Por aqui! Por aqui! Socorro!!

A mancha de luz amarela na sua frente fazia com que o quarto parecesse ainda mais escuro lá trás. Apenas da janela, pelo buraco quadrado do cobertor da cama, entrava a luz opaca da neve.

– Socorro! Socorro!

De um golpe levantara-se e correra para a janela. A pequena lamparina de sebo atrás dela tinha-se apagado. Tombara e jazia agora sob os utensílios de costura.

– Guarda!!! Guarda!! Pega!! Jonas! Jonas!!

Tremendo em todos os membros, levantara agora o velho cobertor da cama e procurava vislumbrar a rua lá embaixo através dos flocos de neve que rodopiavam do lado de fora. Os dentes batiam com a geada, e a tesoura, que segurava ainda firmemente na mão, retinia compassada contra o vidro da janela.

Algumas empenas de telhado, ao fundo, destacavam-se da escuridão. Em algum lugar tremulava ainda uma luz vinda de uma janela.

– Hurra! Papá Svendsen! Dia, meu velho! Feliz Ano Novo!!

Ela suspirou de alívio. Ouviram-se gargalhadas estrondosas. Agora: uma voz rude, uma vara baixando rapidamente uma persiana, e o grupo todo desaparecera na esquina.

Ela ficou à escuta ainda por um breve instante.

De vez em quando, despencando dos telhados, rumorosa, a neve, ao longe, baixinha, uma campainha de trenó.

Deixara cair o cobertor de novo. —

Por um instante ficara de pé! O quarto inteiro estava um breu. Só atrás dela, através do cobertor, brilhava a luz fosca da neve.

Às apalpadelas, seguiu em direção à mesa.

Topou contra o canto. Uma garrafinha estilhaçara-se no chão; cheirava a álcool. A caixa de fósforos farfalhara agora; flamejara! Ela iluminou a mesa. A borda de ouro fina ao redor da pequena fotografia cintilava. O candeeiro de cabeceira estava em cima do velho livro aberto no meio da louça.

Agora, com um faiscar e crepitar baixinho, o pavio se acendera. Por cima dela, no teto, a sua sombra, enorme.

Frau Wachtel roncava no cômodo ao lado, o pequeno Fortimbrás gemia.

Ela tinha se sentado agora na beira da cama. Contra o peito, pressionou firmemente com o queixo as duas pontas do travesseiro, que ela havia posto em volta dos ombros. Seus braços tinham se contraído contra seu corpo, seus joelhos levantados se apertavam um contra o outro. Seu corpo todo trepidava! O rosto distorcera-se, olhava adiante, embotada. A tesoura que tinha caído da mesa jazia lá embaixo diante dela sobre o assoalho cinzento. Reluzia.

A pequena lamparina na mesa começara agora a tremer silenciosamente, os círculos claros e alongados que a água projetara no teto e num pedaço de papel de parede, tinham começado a tremular. A louça ao redor do copo destacava-se deles pela sua pretura. A cafeteira estendia-se obliquamente até ao teto.

– Brrr . . . . . Aé!

As suas pantufas tinham agora voado para debaixo da mesa e ela aninhou-se às pressas embaixo do edredom.

Os anéis brancos de luz ondeavam e ondeavam, o óleo sobre a mesa estalava baixinho, uma pequena faísca acabara de saltar de seu pavio e flutuava agora, preta, na massa espessa, amarelo-dourada.

Debaixo do edredom lá atrás jazia agora um vulto. De uma borda apontava ainda a sua anágua . . . . . .

. . . .

– Quieto, cão! . . . Aé!!

Ele acabara de arrancar da cabeça a sua velha cartola, na qual havia ainda alguma neve espessa, e atirara-a furiosamente para o canto escuro e gritão onde se encontrava o cesto. Atrás dele a porta estatelara com força contra o batente.

– Niels!!

O edredom que agora jazia diagonalmente sobre o assoalho tinha arrastado consigo metade da cadeira. Ela se ajoelhara no meio da cama, as costas endireitadas. A parte da frente da camisola tinha se enrolado até pra baixo dos braços, os cabelos dela pendiam em madeixas em volta do rosto.

– Cala a boca! Não comece você também!

Agora ele tirara também o seu velho casaco puído. O pequeno espelhinho sobre a cômoda contra o qual ele o lançara, deslizara para o chão e jazia agora estilhaçado sobre o pano de cera cintilante.

– E aí, isso demora?!

O pequeno Fortimbrás só arfava.

– E aí!? . . . Sorte a sua, canalha! . . .

As suas botas tinham sido arremessadas aos trambolhões, batendo com um golpe abafado na pequena caixa junto ao fogão. A neve lamacenta agarrada a elas salpicara os azulejos. Ele procurava agora pelas suas pantufas.

– Mas que foi! Cala a boca, já disse!... Berrando-me em cheio nos ouvidos... Era o que me faltava!... As malas já estão feitas?!

O roncar no cômodo ao lado havia parado. Agora escutava-se nitidamente algo arranhando a porta.

– Perguntei se já fez as malas?!

– Não, Niels... eu...

Ela gaguejava!

– Mas é claro! Pra variar estamos de novo com a tísica!...

Por favor, não faça cerimônias, Frau Wachtel! Chegue mais perto! Hoje até que não está mal!

A sombra dele, que até então se projetara de um lado para o outro na parede e no teto branco, tinha agora desaparecido. Acocorara-se para debaixo da mesa.

Da cama, começara a ouvir-se uma tosse forte.

– Oh, meu Deus! ... Oh, Deus! Oh, Deus! Coitada da mulher!

Ela enfiara o rosto no travesseiro e agora chorava.

– Vai, vai! Sim, sim! Chora um pouquinho mais, vá! Esse é o seu forte! Parece que não vale para mais nada do que isso!

Ele acabara de calçar as pantufas e procurava agora algo sobre a mesa. Uma faca retiniu contra a fogão, uma xícara tombou.

– Claro! Deixa de fingimentos! Para uma tísica você bem que tem um ótimo apetite! ... Que beleza! Sempre a fazer de conta que anda a esfarelar-se toda, mas acaba por me devorar até os cabelos da cabeça!

Ele metera os punhos nos bolsos das calças e andava agora de um lado para o outro pela sala.

– Mas que criação! Mas que— criação!!

Batera com o pé contra a caixinha oca dos utensílios de costura. A garrafa estilhaçara-se no chão, a luz rolara para debaixo da cama.

– Ridículo!

Agora dera um pontapé também na garrafa lá embaixo.

– Ridículo!!... Quer ficar quieto?!!

O pequeno Fortimbrás começara a berrar com força de novo.

– Besta!

Com um salto, lançou-se sobre o cesto.

– Besta!!

A gritaria interrompera-se de novo.

– Comédia patética!

Ele tinha se voltado de novo para a cama. Tinha os punhos cerrados. Sob os travesseiros ouvia-se nitidamente um soluçar.

– Bruaca chorona!

As duas rugas grossas em torno do seu nariz vincaram-se ainda mais; por entre os lábios distorcidos os seus dentes largos cintilaram.

– Aé!!

Um arrepio correra pelas costas.

– Mas que frio!

Ruidosamente, ajeitara agora a cadeira.

– Que frio!! Nem pra uns míseros briquetes de carvão! Mas que economia!

Tinha agora despido as meias, uma delas voara para o meio da mesa para debaixo da louça.

– Então?! Quer fazer o favor?!

Ela colou-se ainda mais contra a parede.

– Aí! Finalmente!

Ele rastejara até ela por debaixo do cobertor. As cuecas, mantinha-as vestidas.

– Nem mesmo pra dormir há espaço suficiente!

Estirou-se e alongou-se.

– Que vida de cão! Nem dormir é possível!

Ele rolara de novo para o outro lado. Puxou o edredom pra si, destapando o ombro dela que agora estava deitada praticamente sem cobertas . . . .

. . . .

A lamparina de cabeceira sobre a mesa tinha agora parado de tremer.

O jarro azul embaçado à sua frente estava pejado por inumeráveis pontinhos de luz. Uma página do livro tinha-se virado, oblíqua, esvoaçando contra o vidro. No centro da folha amarelada destacavam-se claramente as letras garrafais: "Sonho de uma Noite de Verão". Lá atrás na parede, por cima do sofá, a pequena e reluzente fotografia projetava a sua sombra preta e retangular.

O pequeno Fortimbrás estertorava; no quarto ao lado o ronco recomeçara.

– Mas que vida! Mas que vida!

Ele tinha se voltado de novo para ela. A voz dele era agora suave, chorona.

– E você não diz nada!

Ela apenas soluçava.

– Ah por Deus! Mas que... Aé...

Ele tinha se aproximado agora ainda mais da beira da cama.

– Ainda há espaço! Porque é que está assim tão encostada à parede! Não há necessidade nenhuma!

Ela se sacudiu. Um cheiro insosso de cachaça se espalhava agora por toda a cama.

– Que vida! A que ponto chegamos!... Ser despejados por uma velha bruxa como essa! Que encantador!! Bem, e o que é que a gente faz agora? Amanhã dormimos na rua!... Não quer dizer nada?

Ela tinha se espremido ainda mais contra a parede. Os soluços tinham cessado, dava-lhe as costas.

– Eu sei! Afinal a culpa não é sua! Vai, diga!

Ele chegava agora ainda mais pra junto dela.

– Vai, diga!... Não podemos — morrer assim de fome?!

Estava agora colado atrás dela.

– Eu também não tenho culpa disso!... Eu nem sequer sou assim! É verdade! Uma vida desta faz da gente uns animais!... Está dormindo, está?

Ela tossiu.

– Oh Deus, claro! Ainda por cima está tão doente! E a criança! Tanta costura... Mas você também não descansa nunca... eu bem digo!

Ela começara a soluçar de novo.

– Você — deveria — mas é, — Niels . . .

– Sim . . . Sim! Eu entendo agora! Eu deveria ter aceitado! Depois ainda poderia . . . entendo tudo agora! Foi sem pensar. Devia ter aproveitado! Mas — vai, diga-me agora!!

– Mas você não — se encontrou com ele . . . com ele — nem sequer em — casa?

– Por Deus, sim, mas . . . mas, você bem sabe! Ele também não tem nada! O que é que a gente faz então? Não podemos nos matar também, não é?

Agora era ele que também começara a chorar.

– Oh, Deus! Oh, Deus!!

O seu rosto se encontrava agora no meio do peito dela. Ela se contraiu!

– Oh, Deus! Oh, Deus!!

A borda escura do copo lá em cima, numa diagonal pelo teto, recomeçara a tremular agitadamente, as sombras projetadas pela louça balançavam e entre isso tudo brilhavam os feixes de água

. . . .

– Ah, não, Niels! Não, por favor! A criança — acordou de novo! O — bebê está gritando! O — bebê, Niels! . . . Vai lá ver! Pelo amor de Deus!! – Seus cotovelos se apoiavam por trás nos travesseiros, a sua camisola estava agora completamente aberta na parte da frente.

Atravessando o gargarejo abafado lá no fundo rompeu um som parecido a um latido agudo e rouco. Os trapos remexiam-se; o cesto começara a estalar por todos os lados.

– Vai lá ver o que está acontecendo!!

– É claro! Era só o que faltava! Se ao menos o diabo levasse esse pirralho! . . .

Mais uma vez ele metera os pés nas pantufas.

– Nem mesmo de noite há sossego! Nem mesmo de noite!!

A louça na mesa tinha começado a tilintar novamente, as sombras balançavam lá em cima sobre a parede. —

– E então? Oi-oi!! O que é que acontece agora? Hã? . . . Onde é que está? . . . Aé, que porcaria!

Ele encontrara a chupeta e a esfregava agora nas cuecas.

– Que frio! E aí? É pra hoje? Hã? Toma aí, camelo! Toma! Então?!

O pequeno Fortimbrás arquejava!

A sua cabecinha tinha-se contraído, dobrada para trás sobre a nuca; girava-a agora desesperado para todos os lados.

– E aí, quer ou não quer?! — — Sua besta!!

– Mas — Niels! Pelo amor de Deus! Ele está tendo outra vez um — ataque!

– Ora essa! Ataque! — Aí! Come!!

– Meu Deus, Niels . . .

– Come!!!

– Niels!

– E aí? Vai ficar quieto? Hã? — Vai ficar — quieto? Hãh?! Hãh?!

– Oh, Deus! Oh, Deus, Niels, o que é que, o que é que — você está fazendo?! Ele, ele — parou de gritar. Ele . . . Niels!!

Ela recuara instintivamente. A figura dele estava toda dobrada para a frente, os seus dedos tinham-se agarrado tortuosamente à borda do cesto, estalando. Ele encarou-a fixamente. O seu rosto estava agora pálido como cinza.

– O . . . C — andeeiro! O . . . C — andeeiro! O . . . C — andeeiro!

– Niels!!!

Ela cambaleara para trás contra a parede, na frente dele.

– Silêncio! Silêncio!!! B — ateram à porta?

As duas mãos dela se espalmaram sobre o papel de parede, os joelhos bambeavam.

– B — ateram à porta?

Ele se agachou ainda mais. A sombra por cima dele pendulava, os olhos pareciam agora subitamente brancos.

Uma tábua do assoalho estalou, o óleo crepitava, lá fora nas calhas gotejava neve derretida.

Tip . . . . Tip . . . . Tip . . . . Tip . . . .

Passados oito dias, Tille Topperholt, o pequeno filho corcunda do padeiro, ia balançando a sua cesta de pãezinhos pela escuridão do Beco de São Severino, todo coberto por uma espessa camada de neve, descendo a caminho do porto. O tempo mudara de novo, o seu pequeno nariz arrebitado estava tão azul que dava até pena.

– Viva, Svea! Mãe de todos nós!

Acabara de soar as cinco. Diante da nova, grande loja de cachaças na esquina da Igreja de São Pedro, ele tropeçou. Jesus! Os seus pães tinham voado pela sarjeta e ele se estatelara no meio da neve. Mas nem sequer se deu ao trabalho de recolhê-los. Só voltou a si na Praça de São Tiago, com ambas as mãos agarradas ao grande sino de ferro, alertando de imediato a delegacia de polícia lá em cima. Jesus! Jesus!! . . .

Quando o gordo do Sieversen finalmente chegou com seus passos pesados, constatou que o homem tinha morrido congelado. "Morreu de frio por bebedeira!" A sua cartola amarrotada tinha acabado de ser esmagada contra o poste de luz pelo corcundinha do Tille. Dos regaços do esfarrapado fraque verde-maçã despontava a garrafa.

Veja bem! Um discurso patético!

Era o grande Thienwiebel.

E sua alma? A sua alma, que era algo imortal?

Belo belo minha bela! A vida, Amalie, é cruel! Pode apostar! Mas — no final tanto faz! Assim ou assado!

O PRIMEIRO DIA DE ESCOLA.

I.

O Sr. Diretor Borchert estava sentado na sua cátedra e conferia uma a uma as cartas que haviam chegado. Mais uma vez eram três. A primeira estava escrita em papel de gente pobre, grosseiro, cinzento, e era praticamente indecifrável.

A carta rezava:

> "Herr Borchert
>
> Lamento ter di imcomoda sua eselencia com a minha umilde pessoa mas bateutanto na minha menina de 6 anos que depois de três dias ela inda estava tôda castanha i azul i vejome obrigada a buscar outros caminhos pois isso qualquer um pode não é porisso que pago as memçalidadis escolares esta é a cegunda vez que a criansa chega em casa sem um butão no vestido e as otras criansas tem de levar pra ela os pudassos
>
> Frau Gorges."

Herr Borchert dobrara a carta com delicadeza e voltou a enfiá-la cuidadosamente no envelope.

N.º 167!

Com caneta azul! Assim se destacava melhor e se via mais nitidamente . . .

Retocou um pouquinho o sete. Na perninha final da letra ainda lhe parecia faltar alguma dinâmica.

Assim!

Essa ia para a gaveta da direita. A gaveta da esquerda estava reservada para os "carolos" —

Ao seu lado estava uma xícara de café. Tomou agora um pequeno, agradável gole e em seguida abriu também a segunda carta.

Esta era possivelmente ainda mais ilegível e nem sequer vinha franqueada. Mas de que importava isso.

Essa pequena encantadora coleção era, afinal, a sua única alegria...

Leu:

"Senhor Professor.

Gustaria de lhe pedir descupa por meu filho Emil faltar a escola os olhos dele estão tão maus que espero puder contar com um bucadinho de considração e gustaria de aproveitar para lhe pedir que não espanqui tão descaradamente as crianças a ponto de voltarem para casa todas maguadas.

Cumprimentos cordiais Frau Munk."

N.º 203 a!

Herr Borchert aproximara os seus miúdos olhinhos de leitão, pretos como breu, do interessante documento, para examiná-lo.

Papel de rascunho amarelo e as linhas traçadas com a ponta cega de uma tesoura!

N.º 203 a!

O azul sobre o papel tinha um aspecto bonito. Não fosse pela mancha de gordura! A mancha de gordura aqui à esquerda, perto da assinatura, bem que a amável Frau Munk poderia tê-la poupado!

Ele tinha tirado agora o seu grande lenço de algodão vermelho do bolso traseiro do casaco e assoado o nariz.

Em contrapartida essa! Esse terceiro exemplar! Muito asseadinho!

As linhas no envelope cor-de-rosa pálido, via-se que tinham sido desenhadas primeiro a lápis e depois apagadas meticulosamente. Além disso, o reverso vinha lacrado com um selo, para cuja feitura se recorrera a uma moeda de doze xelins. Ganhava assim um ar verdadeiramente opulento!

A graciosa cartinha rezava:

Ex.mo Senhor Borchert!

venho, da maneira mais subordinada, perguntar-lhe por que razão bateu na cara do meu filho no dia 31 deste mês, deixando-o todo roxo, ou se tem algum direito de bater numa criança de forma a deixar a cara dela cheia de hematomas, pois no caso de a criança sofrer danos auditivos, o que pode muito bem acontecer, o Senhor poderia restaurar-lhe a saúde? O Excelentíssimo Senhor talvez não saiba quão amarguradas ficam as crianças, sempre agradeci a Deus por ter filhos saudáveis e agora não estou disposta a deixar que os meus filhos sejam espancados por sua Ex.ª até ficarem doentes, pelo que lhe peço que não volte a arriscar tal coisa, caso contrário poderá haver consequências.

Atenciosamente

Frau Kuhlmann
Georgenstraße 19."

Herr Borchert sorriu.

Número duzentos e quatro!

Se não estava equivocado, essa amável Frau Kuhlmann tinha enviuvado há cerca de um trimestre. Herr Kuhlmann deve ter deixado pra ela uma espécie de loja de sabão como herança. Hm...

E então?

Bocejou. Uma rachadura lá em cima, no meio do teto branco, roubou a sua atenção.

Passou um breve instante.

Uma varejeira azul e gorda batia continuamente com a cabeça na janela e zumbia.

Sssss... ssss... sss...

Ah! certo!... As pautas! Ainda hoje ele queria deixar os pentagramas desenhados.

Bon!

Tirou a rolha do tinteiro. A estúpida e gorda *musca domestica* tinha parado de bater contra o vidro, a sua caneta arava o papel com rigor...

A sala de aulas encontrava-se em absoluto silêncio. O sol da manhã que entrava pelas três janelas ao mesmo tempo preenchia toda a sala. Era quadrada e pintada com uma tinta aguada de cor azul muito feia.

Nenhuma criança se mexia!

Todas tinham os dedos das suas mãozinhas gorduchas entrelaçados e concentravam todos os seus esforços em expirar da forma mais regular possível através das suas pequenas narinazinhas circulares. Dessa maneira, não estavam obrigadas a absorver o cheiro estranho, uma mistura de verniz e pó escolar, que era o único ar que havia em toda a sala.

Não se atreviam sequer a abrir as suas pequenas bocas vermelho-cereja. O Sr. Diretor Borchert, que estava sentado diante do grande quadro negro atrás da horrível moldura de madeira amarela como um velho corvo faminto à espreita de um pedaço de carne, observava-os com uma severidade extrema. Era realmente horrível! Especialmente para quem tivesse sido suficientemente estúpido para se sentar na primeira fileira . . .

As moscas que passavam por cima dos seus narizes tinham muito que mordiscar. Eles nem sequer piscavam os olhos. O Sr. Diretor Borchert os proibira estritamente de se mexer. Deviam se enfiar nos tinteiros à sua frente, em silêncio, e evitar olhar para ele com olhos esbugalhados. Caso contrário, a vara cantava! Oh!!

É claro que os pequenos vermezinhos obedeciam e que todos pareciam muito sérios. Só ficavam assim terrivelmente vermelhos.

Sim! A sala de aula encontrava-se em absoluto silêncio . . .

Lá fora, atrás do grande castanheiro redondo, que, com as suas belas e coloridas flores, batia sem parar na terceira janela, a ponta de uma torre cintilava apontada pro céu. Fora isso, nada mais se via.

Apenas no fundo, do outro lado do mercado, o velho relógio da câmara municipal, que jazia como uma branca mancha redonda sobre o inclinado telhado de ardósia azul-luminosa.

O pequeno postigo preto mais abaixo encontrava-se hoje ligado através de uma corda com a grande ameia dourada do outro lado, que mais exposta às intempéries, porém, já se encontrava grosseiramente coberta de azinhavre. Essa corda tinha sido revestida por uma copiosa camada de giz e cortava o céu em duas grandes metades azul-escuras. Pois hoje era o dia da feira popular na cidadezinha.

Ari-ben-Aribell, o maior equilibrista dos dois mundos, queria, sob a alta autorização de um prefeito severo, atender a um público cheio de expectativas com suas arriscadas produções. No grande cartaz verde-pintassilgo, que o gordo do Metzelthien já no sábado passado pregara junto à porta da prefeitura lá embaixo, se encontrava isso tudo retratado da forma mais bela possível.

Os "carolos" já sabiam.

Os seus coraçõezinhos obstinados batiam quando pensavam nisso.

A qualquer momento, esse terrível Ari-ben-Aribell podia apontar a sua cabeça, que era toda vermelha e branca e parecia verdadeiramente pertencer ao diabo, lá atrás por cima do telhado da prefeitura, para depois, com as suas estranhas e enormes meias vermelho-cereja, que na parte de trás lhe chegavam ao bumbum, subir pelo céu afora até à ponta do campanário! Ali deveria pôr-se de pé sobre a grande bola dourada e lançar um pássaro real, níveo, para o ar! Uma pomba ou um quebra-ossos! Esse pombo ou quebra-ossos daria então três voltas, sobrevoando toda a cidade, e finalmente pousaria de novo no seu chapéu de papel dourado!

Kotel Thiem, que era totalmente corcunda e fizera um enorme buraco redondo no cartaz com o seu dedo, Kotel Thiem tinha até mesmo contado que de um grande saco invisível o equilibrista lançaria ao final todo o tipo de raridades – rosquinhas de açúcar, amêndoas doces e laranjas! – lá para baixo, para os caniches!

Os "caniches" eram os meninos de rua.

Sim! Esses! Esses!!

Rosquinhas de açúcar, amêndoas doces e laranjas! Mas agora tinham de estar aqui na escola sentados em silêncio e manter os olhos enfiados nos estúpidos, aborrecidos, tinteiros negros.

Era mesmo horrível demais!

O sol, que até então vagueara apenas pela parede e pelas várias pequenas boinas verdes penduradas nela, finalmente atrevera-se a estender-se até à cátedra e começava agora a contar os fios da manga preta do casaco do Sr. Diretor Borchert.

Ele guardara a sua caneta para notas musicais de novo. Agora limpava as unhas com o seu canivetezinho.

Na sua frente encontrava-se um objeto grande e retangular, no qual estavam estendidos todo o tipo de fios de cobre vermelho, pelos quais, uma a uma, tinham sido enfiadas bolas muito, muito coloridas. Esse era o ábaco. Se o Sr. Diretor Borchert quisesse, poderia dispô-lo de acordo com a sua vontade. Mas hoje não tinha vontade alguma. Apenas ia limpando as unhas . . .

De repente, o Sr. Diretor Borchert olhou para cima. Perto da porta, uma carteira tinha acabado de ranger. Os "carolos" se agacharam involuntariamente. Os miúdos olhinhos de leitão semicerrados do diretor pareciam agora verdes. O pequeno Jonathan, que o fitara durante todo esse tempo, voltou rapidamente a pregar os seus grandes olhos azuis de menino no tinteiro.

Ari-ben-Aribell poderia agora perfeitamente ter saído de sua claraboia. Nem por todos os pães de açúcar do mundo, o pequeno Jonathan lançaria um olhar naquela direção.

Mas poderia ter feito isso tranquilamente! O Sr. Diretor Borchert já voltara a acalmar-se há um bom tempo. A coisa era impor à "porcalhada" respeito por ele. E a "porcalhada" tinha respeito por ele. Como pelo diabo!

A "porcalhada" era a sua turma. Chamar-lhes de outra coisa era algo que ainda não lhe tinha ocorrido. Os indivíduos chamavam-se "carolos".

Sim! E tudo se encontrava em absoluto silêncio novamente. Fora a mosca que voltara a zumbir e, mais atrás, o rugido sombrio e baço que vinha do mercado, batendo contra as janelas duplas, altas e robustas. De vez em quando, um nariz de carolo que fungava . . .

O pequeno Jonathan estava sentado ali feito um morto.

Desde esta manhã, tinha sido tomado por um tremendo pavor do Sr. Diretor Borchert. A maldade de Kotel Thiem não chegava nem na metade disso! Já a sua cara era aterrorizante! Ele a via em toda parte!

Lá fora, no grande castanheiro redondo, que com as suas flores parecia uma árvore de Natal, ela devia estar dançando agora sobre a sua copa.

Balançó-balancé-balançó-balancé-balançó-balancé – sem parar, sem parar!

Até do horrível tinteiro de tinta preta ela transbordava agora às alturas!

O pequeno Jonathan a via com clareza.

Era branca e gorda, como que feita de grude de farinha, e no lugar dos olhos tinha duas uvas passas pequenas e cintilantes. O cabelo era dum vermelho muito vivo, espetado no ar como cerdas de porco. Além disso, as sardas salpicavam o seu nariz gordo com espinhas amarelas. Sem dúvida, tinha um aspecto ainda mais hediondo do que o limpa-chaminés Killkant!

O pequeno Jonathan estava desolado.

Não! Melhor fechar os olhos bem fechados. —

Oh! Hoje de manhã!

Ele tinha se alegrado tanto. Poder ir à escola pela primeira vez e tornar-se tão inteligente até poder ter um livro de Geografia par a aprender tudo sobre a África, com certeza, era lindo demais! Lindo demais!

A sua nova lousinha de ardósia com linhas vermelhas estava tão limpa e polida, a sua cartilha tinha sido enfiada numa pasta azul tão espessa, e o seu estojo, todo coberto com decalques, estava cheio de lápis de pedra-sabão.

Nem sequer tinha bebido café. Ficara à janela, cheirando o bonito e colorido ramo de flores que deveria colocar sobre o grande diário de classe do Sr. Diretor.

De fato! Ele sempre teve vontade de ir à escola! Ir à escola, nada mais, e tornar-se tão inteligente como o papai!

Ai! Ele nunca tinha pensado que seria tão difícil!

Ficar sentado durante três horas a fio na mesma carteira estúpida, a olhar para o mesmo tinteiro estúpido, não era pouca coisa. Sim! Era, isso sim, uma crueldade! Uma verdadeira crueldade! Nem tossir podiam!

E então — o ramo de flores colorido tão bonito, tão bonito! Para esse cavalo velho pegá-lo e o jogá-lo pela janela!

Estupidez! dissera ele, estupidez! Flores fedem!

Bah!

E de nada valia que tivesse sido a mamãe que as colhera, e a fita azul à volta delas, também tinha sido a mamãe a atá-la, a mamãe estava tão contente, e a mamãe tinha sido tão bondosa, e . . . Não! Era cruel demais! Cruel demais!

O pequeno Jonathan desatara a chorar. — —

O pequeno padeiro-mirim Trimpeter, sentado ao lado dele, e que só pensava em ir embora, aproveitou a oportunidade e juntou-se à choradeira.

Atrás dele estava sentado o pequeno Lewin.

Uma mosca tinha acabado de pousar na sua nuca e seguira perambulando pelo seu corpo até chegar ao meio da barriga onde agora se instalara.

É claro que ele teria gostado de fazer o mesmo que o gordo e estúpido filho do farmacêutico. Mas a vara assustadoramente grossa que o Sr. Diretor Borchert trazia abotoada na parte da frente e por baixo do casaco, impunha um respeito violento demais. Ele se contentava em fazer as caretas mais sinistras.

O pequeno confeiteiro Knorr, o pequeno cobrador de impostos Zippe, e o pequeno carpinteiro de navio Bohl não demonstraram nem metade da mesma firmeza. Era como se todos tivessem estado à espera de que alguém tomasse a iniciativa. Todos choravam agora de tal forma que as lágrimas pingavam das bochechas. Era um autêntico motim!

De repente, o Sr. Diretor Borchert dera um salto e puxara a sua vara. O ábaco tombara em diagonal sobre o tampo preto da cátedra, o pequeno canivetezinho jazia ao lado da cuspideira de ferro no assoalho arenoso.

A "porcalhada" queria fazê-lo de idiota?! A "porcalhada" queria levar uma sova?! A "porcalhada" tinha ficado louca de vez?!

Ele bufava!

A "porcalhada" voltara a calar-se de novo. Apenas o castanheiro lá fora, fazendo tremer os seus afiados contornos denteados por cima das carteiras, e o sol que brilhava entre elas.

A vara cinzenta com a qual o terrível homem lá do alto acabara de bater na sua mesa amarela cortara a seco todas as lágrimas que a porcalhada ainda não tinha derramado. Os pequenos condenados ficaram agora de novo imóveis nos seus lugares como bonecos de madeira mal pintados. Os seus rostos, no entanto, tinham se tornado ainda mais vermelhos, e os olhos, em vez de enfiados nos tinteiros, estavam todos pregados na terrível vara!

Ari-ben-Aribell, o maior equilibrista dos dois mundos, que, do outro lado, debaixo do telhado da prefeitura parecera apenas estar aguardando este momento, foi astuto o suficiente para justo agora meter a sua horrível cabeça de fantoche para fora do postigo.

A ponta do seu chapéu de papel dourado chegava até ao mostrador do relógio. Ele esfregara as bochechas com farinha e pincelara o nariz com cinabre. Em volta do ventre vestia grossos calções de banho de veludo que eram pretos como carvão e bordados com pequenas lantejoulas prateadas.

Depois de ter se curvado três vezes perante o público lá embaixo, silencioso de tanta expectativa, e de ter feito rodopiar a sua longa vara de equilibrista amarelo-dourada outras tantas vezes sobre si mesmo, colocou agora o seu delicado sapato esquerdo cuidadosamente sobre a corda branca tensionada e já avançava dançando até ao meio dela, antes que os camponeses estupefatos lá embaixo tivessem tido tempo para abrir os seus focinhos.

Nenhum "carolo" fazia ideia!

A catástrofe lá fora ocorria sem que eles sequer tivessem pensado nela.

Os pombos e quebra-ossos, verdadeiros e brancos como a neve já haviam caído no esquecimento. Só a vara existia. Só a vara! Os seus grandes olhos assustados estavam escancarados.

Menos os do pequeno Lewin! Com horror ele tinha acabado de sentir a obscena mosca subindo pela sua barriga, parando no seu umbigo.

Seus . . . . Uaaah!

Para não começar a chorar como os outros há pouco e com isso enfurecer ainda mais o Sr. Diretor Borchert, ele desatou numa risada atroz.

O pequeno Jonathan ficou branco como giz.

Com certeza! Agora o espancaria até à morte!!

Nem queria ver.

Mas podia ter visto à vontade!

O Sr. Diretor Borchert não matou o descarado do judeu-malandreco à pancada. O Sr. Diretor Borchert nem sequer pensou nisso. O Sr. Diretor Borchert era muito mais minucioso na execução do seu ofício. Ele tinha o seu sistema. E nunca se desviava desse sistema. A vara era apenas o seu meio para incutir medo. O seu meio de castigo, o verdadeiro meio de castigo, era o seu anel de sinete.

Decididamente! Era preciso ter princípios. Por exemplo, era preciso evitar bater na "porcalhada". Aliás, havia que ser contra tudo o que fosse espancamento . . . Não! A "porcalhada" tinha de ser enxovalhada! Enxovalhada! O punhado de cabelos que se ia arrancando ocasionalmente não contava . . .

O pequeno Lewin continuava a rir. Mas era uma risada tão convulsiva que os olhos saíam de suas órbitas e os seus dentes começavam a matraquear.

O pequeno padeiro-mirim Trimpeter, que via agora as suas esperanças de poder ir embora desaparecerem por completo, tinha recomeçado a chorar de desespero.

– Ah! Está bem! Está bem!

O Sr. Diretor apertara ainda mais os seus lábios finos. Voltou a abotoar agora a sua vara no bolso da frente do casaco.

– . . . S . . . sangue, sangue frio, Borchert!

Voltara a sentar-se pesadamente na sua cadeira de vime. Afinal, a coisa não era urgente. A coisa . . .

Brincava com o seu anel de sinete. Um exemplar muito bonito e valioso, com uma pedra muito bonita e valiosa. Fé, amor, esperança estavam esculpidos na sua superfície verde. Fé, amor, esperança . . .

Os seus miúdos olhos de leitão semicerrados reluziam agora em todas as cores. As suas mãos tremiam.

Fazia um absoluto silêncio na sala! Fora o judeu-malandreco que não tinha uma pinta de vergonha na cara e o pirralho do padeiro que o acompanhava!

Ele voltara a enfiar o anel de sinete no dedo e batia-o agora lentamente contra o flanco da sua cátedra.

– Carolo! Pra cá!

O pequeno Lewin levantou-se mecanicamente. Os seus dedinhos finos, amarelos como cera, cravaram-se de forma espasmódica à carteira preta diante dele, os seus ombros contraíram-se. Todos os membros do corpo tremiam.

– Pra cá, carolo?!

A turma inteira tinha começado a chorar alto de novo. Aquela risada horripilante que o rapaz não cessava de emitir atravessava a medula de todos. Ari-ben-Aribell, que agora mesmo estava sentado no campanário, no meio da bela mancha de azinhavre verde, e ali mesmo devorava uma galinha viva com enorme apetite, pouco depois de ter enfiado um espadim do tamanho de um braço no seu corpo, tinha agora deixado de existir para eles. Kotel Thiem poderia agora mentir pra todos eles com o maior descaro. Eles nem sequer ouviriam. Não! Apenas aquela risada! Apenas aquela risada terrível!

O Sr. Diretor Borchert tinha se levantado no meio do seu pódio. Os seus lábios tinham ficado brancos. Os seus dentes pequenos e pontiagudos rangiam como se estivesse mastigando algo.

Mas que canalha!! Uma porcaria dessas! Uma porcaria dessas ainda não tinha surgido à sua frente! Ainda mais vinda de um fedelho que nem sequer era capaz de assoar o nariz! Inacreditável! Inacreditável!! Mas ele se conteve! Ele se conteve!

– Pra cá, carolo?!

Mas o pequeno Lewin já não ouvia nada. Apenas continuava a rir, a rir e a rir . . .

Eis que finalmente o fio da paciência do Sr. Diretor Borchert se partiu ao meio! Com um salto lançara-se sobre o desvairado do cão judeu, agarrara-o pelo colarinho do casaco gorduroso e arrastava-o agora, bufando de raiva, para a sua cátedra.

– Que cão!! Que cão!!!

Os "carolos", que tinham voltado a ficar calados como camundongos, fecharam os olhos involuntariamente. Toda a grande sala vermelha transbordava agora em sangue. Em sangue. Oh! . . .

Ali!!

De repente, no meio de todo o horrível bafejar e gorgolejar lá na frente, o som agudo e estridente de um sininho, vindo de fora, do corredor, tocou distintamente.

Não houve um "carolo" que não aguçasse agora as suas pequenas orelhinhas cor-de-rosa!

Um autêntico sino de Natal! Retinia que era uma beleza.

Sim! Sim! Era o Herr Spaarmann, o querido e bondoso Herr Spaarmann! Herr Spaarmann! Agora eles já não tinham de morrer. Agora a terrível, terrível aula tinha acabado. Agora ... Oh! Herr Spaarmann! Herr Spaarmann!

Trimpeter, o pequeno padeiro-mirim, cujas lágrimas gordas já escorriam pescoço abaixo, suspirou aliviado. Agora finalmente, finalmente podia sair ...

O Sr. Diretor Borchert pegara a sua nova, bela régua envernizada de amarelo-encarnado e lançara-a agora para o meio dos "carolos".

– Fora! Fora!! Fora!!!

Ele já não reconhecia a si mesmo!

A besta do judeuzinho infame e catarrento já tinha caído voando dentro da cuspideira ao lado da cátedra.

Agora, ele tinha agarrado também o grande ábaco.

– Fora! Fora!! Fora!!!

Ah! Esses carolos! Esses malditos, miseráveis carolos!!!

Mas aqueles "carolos", aqueles malditos, miseráveis "carolos" já tinham escapado com enorme alarido pelas escadas abaixo fazia tempo. Aos trambolhões, aos tropeços! O pequeno confeiteiro Knorr, o pequeno cobrador de impostos Zippe, o pequeno carpinteiro de navio Bohl, o pequeno Jonathan Grule, ou seja lá como eles se chamavam!

Na frente de todos, claro, ia de novo o gorducho do pequeno padeiro-mirim Trimpeter!

Tinha sido mesmo, mesmo por um raspão . . .

Oh! O pátio! O pátio!

Como lhes fazia bem o ar quente e suave do pátio! Com o sol lá no alto, sobre os telhados! Sobre os telhados!! As chaminés vermelhas lá em cima fumegavam, os pardais chilreavam, e o sol brilhava!

Oh!! O pátio!! O pátio!!

Ari-ben-Aribell, o maior equilibrista dos dois mundos, tinha terminado há pouco as suas produções de alto risco, e curvava-se agora da maneira mais submissa possível diante do estimado público.

O seu enorme chapéu de papel dourado tinha escorregado para a frente, por cima do seu penteado triangular vermelho--raposa, descendo pela sua testa larga e acachapada, o seu rosto horripilante por debaixo do chapéu não era mais que farinha, suor e cinabre. Os seus calções de banho grossos e pretos como carvão deviam agora estar encharcados.

Os "caniches", que se tinham comportado como gente grande e decente durante tanto tempo, começaram agora a gritar alto. As suas boinas de panos grossos, cinzentos e amarfanhados tinham voado todas bem alto pelo ar.

Kotel Thiem, que hoje, como era de se esperar, matava aula, encontrava-se naturalmente no meio deles. A sua boina fina, redonda, vermelho-alaranjada de aluno de Colégio de Latim era decididamente a mais viva de todas. Ela rodopiava e rodopiava nas alturas. Rodopiava e rodopiava!

– Ari-ben-Aribell, Ari-ben-Aribell! Hurra! — viva! Hurra! — viva! Ari-ben-Aribell, Ari-ben-Aribell!

O maior equilibrista dos dois mundos voltou a fazer uma vênia.

Não era mais que suor, farinha e cinabre! Apenas suor, farinha e cinabre!

O sol cintilava na sua longa vara de equilibrista amarelo--dourada . . .

Lá em cima, na sala silenciosa e vazia da escola, para dentro da qual o grande castanheiro redondo lá fora lançava agora toda a sua sombra nitidamente denteada, o tumultuoso aplauso da multidão entusiástica da quermesse irrompera como um grito de fúria prolongado e forte.

A gorda varejeira azul na última janela lá atrás cambaleava de volta, cheia de horror, para o largo peitoril pintado de amarelo. Pousava agora no meio da profunda calha de chuva e andava às voltas, desesperada, estrebuchando com as suas seis pernas pretas de pelo grosso.

De vez em quando tentava valer-se das suas pequenas asinhas de veias cinzentas, duras como vidro, para levantar voo. Mais de uma vez quase que o conseguira com a ajuda da sua tromba preta e grossa; mas logo voltava a embolar-se de novo.

Mais um pouco e teria que mergulhar no grande buraco redondo na horrível caixa de água preta!

O seu zumbir furioso ia-se misturando alternadamente com a risada terrível e arrepiante que ainda ressoava pela sala inteira.

O Sr. Diretor Borchert estava como que paralisado. Cambaleara até bater fortemente com as suas costas gordas e tortas contra o grande andaime amarelo ao lado da porta aberta.

As mangas desgastadas e pretas do seu casaco esvoaçavam em torno dele como se envolvessem dois ossos longos e magros. Os seus olhinhos de leitão miúdos e assustadores fitavam, horrorizados, o canto amplo e fortemente iluminado ao lado da cátedra.

Ali, junto da pequena cuspideira de ferro, agora de boca pra baixo, algo se mexia, estrebuchando com as suas pernas finas e tortas e dando golpes no ar à sua volta com os seus pequenos punhozinhos fechados feito um louco. O velho e gorduroso tafetá do judeu estava rasgado nas costas pelo meio, e dos seus lábios grossos e azuis escorria algo de viscoso.

Era o pequeno Lewin que tivera o ataque de riso. —

II.

– Eis aqui, meus senhores, o paraíso do sultão do Marrocos! Entrem por favor, meus senhores, entrem por favor! É preciso ver uma coisa destas, senhoras e senhores! É preciso ver uma coisa destas! A mundialmente famosa Miss Pepita! Nascida três dias após a lua no deserto do Saara! Onde as árvores crescem sem raízes! Alguém cospe para cima a 40 pés de altura e volta a apanhá-lo com a garganta! É preciso ver uma coisa destas, meus senhores! É preciso ver uma coisa destas! Façam o favor de entrar! O espetáculo vai começar já, já! Soldados e crianças pagam apenas metade! Entrem, por favor! Entrem, por favor! Entrem, por favor! Entrem, por favor!

Tchulu Uabú, o preto de Pernambuco, mal conseguia arquejar. Tinha esfregado hoje a sua cara gorda e redonda feito batata em fuligem, e enfiara a sua barriga inchada de cerveja numa camisola fina de algodão branco. Através da malha larga e grosseira, a sua pele rosada brilhava visivelmente.

– O paraíso do sultão do Marrocos! Entrem por favor, meus senhores! É preciso ver uma coisa destas! Façam o favor de entrar, meus senhores! Entrem, por favor! Entrem, por favor! Entrem, por favor! Entrem, por favor!

A sua voz atropelou-se, os seus olhos brancos e esbugalhados de sapo brotavam, gordos, das órbitas escuras.

O público que se amontoava em redor da tenda abriu as narinas e as bocas. O preto de Pernambuco tinha-os impressionado!

Com um único e terrível golpe de punho, que fez estarrecer a medula e os ossos de todos, ele acabara de puxar o seu chapéu de feltro alto e pontiagudo, coberto com uma camada de pó de giz na grossura de um dedo, para trás, até o seu pescoço vermelho e balofo, e começara agora a inigualável, nunca antes vista dança de guerra do Rei Murri-Tchidji-Vauvau.

– Uhahihahú, uhahihahú, ptchau! Uhahihahú, uhahihahú, ptchau!

Os seus punhos grossos e redondos, lambuzados de vermelho com sangue bovino, batiam furiosamente no grande bombo azul-celeste que bamboleava diante dele, preso por um longo cinto de couro amarelo, dos ombros até à barriga, as tábuas finas estalavam sob os seus pés.

– Uhahihahú, uhahihahú, ptchau! Uhahihahú, uhahihahú, ptchau!

Mais cinco minutos assim, e acabaria sacudido pelas mais horríveis convulsões!

Os "caniches" já nem se atreviam a respirar. Para ver melhor, todos eles se puseram nas pontas dos pés. Pole Lackner até trepara na barra de tração de uma carroça!

Um pouco mais à direita, do outro lado do pódio, encontrava-se, rígido como que esculpido em madeira, Eliza Barberini, a estrela de Paramaribo. Ele estava vestido como uma bailarina e tocava o triângulo.

Pelo meio, atrás dos pórticos delgados, vermelhos-cereja, bem em cima da pequena escadaria de madeira, sentado sobre uma enorme caixa de açúcar virada ao contrário, mas que hoje fora grosseiramente pintada com tinta de bronze dourado, estava Mardochai. As belas borlas, longas e brancas como a neve, pendiam das suas orelhas sobre a grande caixa de dinheiro de ébano, preta como carvão, que ele vigiava.

– Uhahihahú, uhahihahú, ptchau! Uhahihahú, uhahihahú, ptchau!

Aí! Agora! Pffffff..... pumba, pra dentro do bombo!

O público, do meio do qual uma pedra foi lançada, agachara-se um pouco por instinto.

E então? Desgraça!! Todos os pescoços tinham agora novamente se esticado para cima. O enorme pedaço de tijolo vermelho entrara direitinho pela parte de cima do couro branco do bombo, caindo ca-ta-pum na sua barriga azul-celeste.

– Aah!!! Uhahihahú, uhahihahú, ptchau! Ptchau, ptchau, ptchau, ptchau!!

Tchulu Uabú, o preto de Pernambuco, interrompera de repente a até então inigualável, nunca antes vista dança de guerra do Rei Murri-Tchidji-Vauvau.

Sacramento!! Ele o vira com clareza! A besta tinha sido um fedelho ranhoso miúdo e raquítico, com uma boina redonda, vermelho-alaranjada, de menino de Colégio de Latim.

– Espialá! Espia!

Ele tinha deixado agora o seu infame bombo rolar atrás de si pelo estrado de tábuas finas, e se enfiou com a sua cabeça grossa e roliça de mouro pelo meio dos camponeses estupefatos. O seu chapéu branco e pontiagudo caíra atrás dele, para debaixo da pequena escadaria de madeira. Nem mesmo apanhar, ele o apanhou!

– S'ê t'pego, pego s'ê t'pego! S'ê t'pego, s'ê t'pego!

O público, já recuperado do susto, ria-se às gargalhadas.

– Agarr'aí, Tchulu! Agarr'aí! Agarr'aí!

Tchulu espumava!

À esquerda do Teatro Cagliostro, a orquestra de sopros começara a tocar.

M-ta, m-ta, m-tatá,
M-ta, m-ta, m-tatá,
Bum, bum, bum!

Mardochai estava sentado lá em cima, sobre a sua caixa de açúcar, e uivava. A quermesse inteira tinha agora enlouquecido! Os macacos-azuis alardeavam nas suas jaulas, os leões rugiam, as catatuas gritavam, os bolos de banha de porco soltavam seu perfume, as tendas dos sapateiros fediam.

– Agarr'aí, chullu! Agarr'aí, Agarr'aí!

Só a estrela de Paramaribo não se mexeu. Permaneceu de pé do outro lado, como que esculpido em madeira, tocando seu triângulo. As suas pernas longas e finas, que continuavam enfiadas nas meias-calças rasgadas, horrivelmente verdes, estavam tão rijas como antes.

O seu cabelo esparso e esticado pendia como um emaranhado de fios longos e pretos sobre os seus ombros amarelos e ossudos.

– Agarr'aí, chullu! Agarr'aí! Agarr'aí!

A estrela de Paramaribo não se mexeu. Permaneceu sereno, tocando o seu triângulo. Fazia quase quarenta e sete anos que era surdo . . .

– S'ê t'pego, pego, s'ê t'pego! S'ê t'pego, s'ê t'pego!

Mas Kotel Thiem já tinha se escafedido! Tchulu Uabú, o preto de Pernambuco, podia deixá-lo agora encher o saco de outro!

Lá fora, no assim chamado subúrbio de camponeses, entre as últimas pequenas casinhas amontoadas com os seus telhados de palha velhos, amarelos e remendados, que, de ambos os lados da estrada, se afundavam em inúmeras pequenas poças circulares, onde boiavam tábuas de madeira, barcos de papel, patos e vassouras de palha, os feirantes tinham instalado o seu acampamento de barracas.

Junto da entrada, ao lado de um velho barril virado de pernas para o ar, do qual saía um longo e fino fio de alcatrão enfiado até embaixo pelo meio da areia amarela, Kotel Thiem finalmente parara.

– Pô, mas que calor!

Ele voltara a prender o seu caderno de classe firmemente debaixo do colete, já que devido ao seu coxear apressado ele tinha escorregado até a altura da barriga.

Todo o subúrbio de camponeses estava virado do avesso.

Aqui, junto a um pequeno jardinzinho triangular, sobre cuja cerca de tábuas se inclinava um único e enorme girassol amarelo, encontrava-se uma grande carruagem, vermelha, arreada, de cujas duas chaminés de latão saía fumaça espessa; ali, entre dois muros meio soltos de argila castanha, uma família ruidosa de palhaços tinha armado a sua tenda colorida, baixa, esfarrapada. Numa longa carroça amarela, à qual estavam amarrados três cavalos escanifrados, pretos como carvão, encontrava-se sentada uma velha cigana de cabelo branco, sorvendo café frio de uma roliça garrafa de vinho poeirenta. Os seus olhos vermelhos, chorosos, estavam abertos para o vazio, as moedas amarelas no seu toucado azul tilintavam.

Nesse meio tempo, pequenos pirralhos malcriados por todo o lado, as caras manchadas de vermelho-tijolo, andavam às cambalhotas e atiçavam vários cachorros, grandes e acorrentados.

A maioria deles andava descalça e vestia apenas uma camisa. Todos, no entanto, estavam bronzeados e tinham o cabelo da cor de linho.

Numa caldeira de cobre tombada estava sentado um palhaço, costurando sinetas no seu boné. Agachada atrás dele, meio nua, entre dois panos de lã esticados, frente a um pequeno espelho de bolso redondo, uma mulher jovem, de cabelo ruivo. Ao seu lado, uma criança pequena e despida metia os pequenos dedos dos pés rosados na boca e ria. Não muito longe, na vala seca e poeirenta da estrada, entre as raízes de um enorme choupo verde escuro, uma tábua com a inscrição: "Hoje, ao cair da noite, iluminação feérica." —

Kotel Thiem havia enfiado as mãos nos bolsos das calças, de forma vaidosa, e cuspia agora com desprezo.

Os pequenos pirralhos de cabeças de linho tinham acabado de encontrar no meio das poças d'água, junto ao muro, debaixo de pedras e urtigas, uma velha panela quebrada, e agora tamborilavam nela o hino nacional. Formaram-se em fila indiana e marcharam em volta da primeira poça, pequena e azul. O barro debaixo dos seus pezinhos salpicava, as suas camisas esvoaçavam. Ulle Lüders, com um tricórnio de papel de palha, ia na frente.

Kotel Thiem ainda refletia.

As duas grandes cegonhas brancas em cima do celeiro de Herr Linkerholt tinham-se espantado por causa do ruído repentino lá de baixo e levantaram voo agora com asas grandes e amplamente abertas rumo ao bosque da cidade, verde e distante, as longas pernas finas dobradas para trás como enormes palitos de fósforo vermelho. Lá se encontrava o Prado dos Burros, onde fazia silêncio e havia rãs. O seu grande e redondo ninho preto, abandonado no frontão pontiagudo de pedra branca, fitava o céu azul escuro.

Nãã! Aqui nã rolava nada! Nadinha de nada!

Kotel Thiem cuspira novamente com desdém dentro do estúpido barril.

Nadinha de nada!

Ele queria voltar agora à cidade passando pelo portal. Mas mesmo antes de ter cruzado a pequena ponte de madeira, já tinha parado novamente.

– Caramba! Esse aí é . . . nãã! — Você! Rapá! Moleque ranhoso! Não está matando aula, está? Não devia estar ralando, seu macaco?!

O pequeno Jonathan ficara escarlate. Ele tinha acabado de escapar por detrás, através da casinha amarela junto ao muro, fugindo do Sr. Diretor Borchert, que teria espancado o pobrezinho do rapaz judeu até à morte, e queria agora se esgueirar pelos arredores do subúrbio camponês para visitar o velho Pai Lorenz lá em cima no bosque. Para casa não queria voltar jamais.

– E aí, caipira? Vai ou não vai?

Kotel Thiem tinha-lhe dado uma forte tapa no ombro.

– E aí?

Ele revolvia seus bolsos avidamente.

– E aí? Ou prefere engolir seus molares, moleque?!

O pequeno Jonathan tremia por todo o corpo. Kotel Thiem sempre caçava rãs!

– E aí? Um — dois — beleléu — e? E? E aí?

Kotel Thiem tinha chegado juntinho dele e agitava o seu medonho canivete aberto rente à sua cara, sem parar.

– Ah, meu! Ah, meu! Ah, Kotel! Ah, meu querido, querido Kotel!

O pequeno Jonathan começara agora a chorar em voz alta. Kotel Thiem sempre os riscava na barriga com o canivete!

– Não? Então não, seu cabeça de ovelha!

Kotel Thiem, altivo, voltara a fechar o seu medonho canivete.

– Acha que não sei que o seu pai é um fazedor de comprimidos? Acha que vou sujar as minhas mãos com você?

Kotel Thiem de repente já nem sabia o que fazer de tanto entojo. Ele acabara de ver uma coisa grossa, branca, redonda na mão do outro e percebera logo que devia ser uma moeda de duas coroas. Voltou a meter a sua faca serenamente no bolso. Seu plano estava consumado.

– O macaco acha mesmo que vou abrir a sua barriga! Nãã, seu tonto! Sabe o que você é? Um macaco é o que você é!

O pequeno Jonathan continuava a secar as lágrimas dos olhos com os dois punhos. Kotel Thiem brincava sempre de indiozinho! Ele soluçava de dar dó.

Kotel Thiem olhara agora à volta, cauteloso, para todos os lados.

Não havia ninguém por perto. Apenas as pequenas cabeças de linho meio nuas que patinhavam nas inúmeras poças redondas com os seus pezinhos sujos, e um par de meninas que se agarravam pelas costas das suas camisetinhas rasgadas para que não caíssem no meio dos patos e dos barquinhos de papel. Uma mulher idosa agachada numa soleira de pedra adormecera sobre a sua meia de malha azul. Os seus óculos de hastes grossas tinham escorregado do nariz pequeno para o queixo peludo e pontiagudo.

Os colmos coloridos no topo da muralha da cidade acenaram com as cabeças, as suas longas sombras azuis vertiam-se pelas costas cor-de-rosa de dois leitõezinhos gordos que, aqui embaixo, tinham enterrado os seus focinhos pontiagudos na areia amarela e apenas abanavam as orelhas quando uma mosca pousava sobre eles. Mais atrás, entre os palhaços, um pirralho levava uma surra. Os seus gritos lastimáveis ecoavam por todo o subúrbio dos camponeses. Lá mais atrás, ao longe, na estrada, era possível ver claramente como uma enorme carroça branca de farinha...

Kotel Thiem parecia agora até mesmo um menino bem-comportado.

– Sabe, cara? Posso te dizer uma coisa?

O pequeno Jonathan levantou o olhar. Quando Kotel Thiem chamava alguém de "cara", não havia razão para se ter medo dele.

– Quero dizer...

De repente ficou vermelho. Tossiu.

– Quero dizer ... bem ... dito em poucas palavras, você precisa me emprestar uns trocados, seu macaco!

Enfiara novamente as mãos nos bolsos das calças e fitava agora o pequeno Jonathan de forma ameaçadora.

O pequeno Jonathan escancarou os olhos, aterrado. Ficara branco como giz.

– Naturalmente não deve achar que eu não devolverei o seu dinheiro sujo, seu carolo! Acha que sou judeu? Acrescenta aí um pouco de suco de alcaçuz do teu velhote que depois te dou uns besouros em troca. E aí? Vai logo, seu macaco! Acha que tenho tempo para ficar aqui em vez d'ir à escola? Acha que hoje não tem escola, seu macaco? Você se mandou, né, seu macaco! Está matando aula! Então? Quer ou não quer? Uma caixa inteira cheia! Uma caixa grande e gorda! Cheia de moleiros e limpa-chaminés! E aí?

Kotel Thiem tinha convocado toda a sua eloquência. Agora encarava-o de pé com as pernas afastadas.

– E aí?

Os dois pequenos leitõezinhos cor-de-rosa, que há pouco tinham visto duas varejeiras azuis e gordas rastejar pelos seus focinhos ao mesmo tempo, revolviam-se agora na lama, de costas, e grunhiam. Suas oito perninhas gordas bravejavam no ar.

O pequeno Jonathan ainda hesitava.

– Besouros?

– Raios, sim, pô! Besouros, seu macaco! Nã m'entende? Besouros!

Kotel Thiem começava realmente a perder a paciência. Ainda hoje sem falta tinha que escrever uma redação: "A rara nobreza de Horácio Cocles!" Começava assim: "Já os antigos fenícios."

– E aí, mas quer ou não quer? Uma caixa toda cheia!

– Palavra de honra?

O pequeno Jonathan tinha ouvido que quando Kotel Thiem dizia "palavra de honra" era porque era mesmo a sério.

– De honra?

Kotel Thiem corara de novo.

– Claro, seu macaco! Senão seria de quê? Não sou judeu, ou sou? Se voltar a dizer, seu macaco, que sou judeu, te encho de porrada, e não vai levar nenhum besouro! Acha que sou judeu? Se não disser agora mesmo que não sou judeu . . .

– Aqui!

O pequeno Jonathan abrira a sua mão suada e branca. Mantivera-a por trás das costas o tempo todo. A bela moeda de duas coroas, dura e resplandecente estava no centro.

– Assim, uma caixa grande e gorda, cheinha! Moleiros, padeiros e limpa-chaminés! Moleiros, padeiros e . . .

– Ai, que chatice! Que chatice!!! Que chatice!!!

O pequeno Jonathan ficou ali parado!

Kotel Thiem subira pela longa e escura Thorstraße com a sua bela, dura, reluzente moeda de duas coroas, e ficara agora de pé com as pernas afastadas sobre a sarjeta. Não parava de agitar a bela coisa prateada ao redor da sua boina.

– Ai, que chatice! Que chatice!!! Que chatice!!!

O pequeno Jonathan nem pensou em abrir a boca.

Os colmos coloridos no cimo da muralha tremiam, lá embaixo, na faixa de alcatrão o sol refletia.

De repente, o pequeno Jonathan estremeceu de novo. Do casebre mais próximo, uma mulher velha de olhos chorosos irrompera pelo meio das pequenas cabeças de linho meio nuas e tratava-os agora com uma vassoura grande e desgrenhada feita de um ramo de bétula vermelho.

– Querem vir remendar meias?!

Os pirralhos corriam como podiam. A Dona Kerstens atrás deles.

– Querem vir remendar meias?

Os dois pequenos leitõezinhos cor-de-rosa refugiaram-se assustados debaixo da velha muralha da cidade, no meio de urtigas bem fartas!

O grande carro branco da farinha tinha descido pela estrada longa e poeirenta e passou matraqueando pesadamente por cima da ponte.

O pequeno Jonathan ficou ali parado como um morto. Olhava apenas o sol refletido lá embaixo, na faixa de alcatrão preta.

III.

À tardinha, quando o sol vermelho já se encontrava atrás dos pinheiros silenciosos e pretos, o pequeno Jonathan atreveu-se finalmente a sair do seu esconderijo. A sua nova e bela bata estava repleta de musgo, e as suas botinas estavam cheias de terra. Estava terrivelmente faminto!

Se não tivesse tido coragem agora de visitar o velho Lorenz e implorar por um pedaço de pão, teria morrido. Depois os lobos viriam despedaçá-lo e os corvos arrancariam os seus olhos com o bico. Estaria assim tão morto como o pequeno Lewin.

Parara de novo.

Um grande arbusto vermelho tinha cravado um espinho na parte de trás da sua bata rasgada. As bagas azuis e gordas que pendiam dele eram certamente venenosas.

Oh, nem chorar ele conseguia mais!

As samambaias aqui ainda estavam tão altas que chegavam à sua barriga. Um feixe de campânulas flutuava no meio delas como uma pequena ilha azul. As borboletas grandes e coloridas, lá por cima, já tinham ido dormir. Sobre uma pequena clareira redonda, apenas um enxame denso e escuro de mosquitos brincava no ar dourado. Agora, em algum lugar lá longe, um pássaro cantava uma melodia de Bülow. A floresta inteira cheirava a cogumelos.

O pequeno Jonathan suspirou. Já mal conseguia se arrastar.

As suas mãozinhas estavam inchadas, os seus longos cachinhos castanhos caíam desordenados pela sua pequena testa branca e sobre os seus grandes olhos azuis, que agora ardiam. A cada passo pelas grossas raízes castanhas ele tropeçava.

O velho Lorenz era o melhor amigo do pequeno Jonathan. Ele costumava descer até a farmácia para vender ervinhas.

A sua casinha vermelha se encontrava lá longe, junto à beira da floresta. Das suas duas janelas baixas, atrás das quais floresciam goiveiros, fúcsias e verbenas durante todo o ano, era possível olhar em linha reta para baixo, para os imensos telhados velhos, pontiagudos e cinzentos.

No topo da sua pequena chaminé preta como carvão estavam sentados hoje dois pombos, bicando um ao outro. Os pinheiros espessos e escuros lá no alto, que agora, na brisa do final da tarde, moviam suavemente as suas copas pontiagudas e douradas, dobraram os ramos rígidos e verdes, passando de leve pela sua plumagem branca e macia. O velho, gordo e preguiçoso saco de batatas, Pluto, estava deitado em frente à porta e ressonava. As amplas janelinhas, que davam para ambos os lados, brilhavam, o macio chão da floresta à frente estava todo coberto de palha. Entre tudo isso, as doze pequenas galinhas pretas como carvão bicavam à procura de minhocas, num cacarejar ininterrupto.

O pequeno Jonathan respirou fundo. Tinha acabado de se esgueirar pelo fundo da pequena horta de salsa, atravessara a soleira de pedra cinzenta e desgastada, e encontrava-se agora no meio do corredor longo, estreito, escuro.

O sol que caía oblíquo pela frente, através da porta arredondada e rachada, cuja metade inferior, retangular, se encontrava aberta, chegava ainda a uma parte do chão. Este tinha um tom vermelho-tijolo. O pequeno Jonathan encostara agora a sua cabecinha redonda pesadamente contra a espessa parede branca. Estava gelada! Sentiu o seu pequeno coração batendo. Tinha os olhos bem fechados . . .

À direita, atrás da porta fina e castanha que conduzia à grande sala de estar azul, ouviu nitidamente como um ronronar se sobrepunha ao tique-taque do velho relógio cuco.

Ronrom . . . ronrom . . . ronrom . . .

Era o pequeno esquilo vermelho ali dentro, que fazia girar a sua gaiolinha.

Entre eles, algo patinhou por cima de um tronco podre.

Tip-tap . . . tip-tap . . . tip-tap . . .

De um lado para o outro! De um lado para o outro!

Era o velho corvo Jacob, passeando de novo.

O pequeno Jonathan ouviu-o nitidamente! De vez em quando ele parava e resmungava.

– Palerma! Palerma! Palerma!

Então o pequeno esquilo vermelho ficava sentado, todo assustado, e o tempo detinha-se uma vez mais por um instante, em silêncio. Em silêncio . . .

O pequeno Jonathan abrira agora os olhos de novo.

Lá fora, as doze pequenas galinhas pretas como carvão cacarejavam de vez em quando, o velho e gordo Pluto, cuja escadeira cinzenta ainda se encontrava na parte vermelha, quente e ensolarada, roncava, os pombos no telhado arrulhavam, os pinheiros lá em cima farfalhavam.

O pequeno Jonathan escutava.

Era como se estivesse num conto de fadas! Era como a casa da bruxa velha . . .

Só o velho Papa Lorenz é que não se ouvia! Provavelmente estava sentado na grande poltrona de couro, ao lado da janela, dormindo. Só que hoje não roncava!

O pequeno Jonathan hesitou ainda. Por fim, porém, encheu-se de coragem.

Pôs-se nas pontas dos pés e girou a redonda maçaneta de ferro.

– Ronrom . . . ronrom . . . ronrom . . . palerma!

Agora, estava de pé no meio da sala de estar!

A luz do sol, que caía oblíqua através da janelinha larga e baixa, brilhava justo no meio da boca enrugada do velho Pai Lorenz. Estava toda escancarada, e sem dentes. Na frente, sobre a sua língua grossa e azul, estava ali sentada uma pequena mosca. Ela limpava as suas pretas patinhas traseiras.

Completamente horrorizado, o pequeno Jonathan ficou ali parado.

Não sabia que uma pessoa podia manter os olhos assim abertos enquanto dormia!

O velho Pai Lorenz mantinha-os fixados na grande viga branca no teto, onde bamboleava ainda a velha gaiola de madeira, sustida por um lenço vermelho esfarrapado, desde o inverno passado.

Os seus óculos redondos, azuis, envolvidos com estopa grosseira na parte do meio, estava assentado na ponta fina do seu nariz, branca como a neve. À direita e à esquerda, nos encostos de couro lustrado, as suas duas mãos. Os dedos, todos eles, bem abertos e afastados uns dos outros, as espessas veias azuis à sua volta inchadas de preto.

O seu belo, novo, longo cachimbo tinha acabado de se apagar! Estava preso entre as suas pernas velhas e finas, que hoje se encontravam envoltas de modo grosseiro em panos brancos.

– Palerma!

O pequeno Jonathan saltara involuntariamente para trás.

Nunca tinha visto o velho corvo Jacob tão zangado.

As penas finas e pretas nas suas costas tinham-se eriçado, os seus olhos cintilavam.

– Palerma! Palerma! Palerma!

Com o seu grande bico preto dava golpes furiosos no peitoril largo e apodrecido da janela.

Os inúmeros vasinhos de flores coloridas que aí se encontravam tremiam; das fúcsias do meio, três flores cor-de-rosa e gordas caíram uma atrás da outra.

O pequeno Jonathan reparava em tudo! Aos poucos fora recuando até chegar à pequena mesa de cozinha, verde e bamba, atrás da qual se refugiou.

A primeira flor jazia agora lá embaixo, no meio da pequena tigelinha de açúcar branca, a segunda tinha ficado pendurada na borda de ouro raspado da xícara azul-celeste, e a terceira caíra em cheio na enorme caixa de rapé redonda, castanho-esverdeada, logo por trás. De viés em frente dela, no estojo de couro forrado de vermelho, estava espetada a navalha do velho Pai Lorenz!

– Palerma! Palerma! Palerma!

Ambas as suas mãos velhas e murchas estavam caídas à direita e à esquerda sobre os encostos da poltrona, o seu belo, novo, longo cachimbo jazia agora no meio da sombra azul das flores. A criatura preta e gorda tinha acabado de saltar bem sobre o meio da sua barriga.

O pequeno Jonathan tremia por todo o corpo.

O velho Pai Lorenz continuava a dormir!

O velho corvo Jacob tinha espetado o seu bico grosso e preto em cheio no velho casaco de flanela vermelho-pálido. Para não cair na cinza espessa do cachimbo, batia furiosamente as asas. Eram curtas e tinham as extremidades aparadas. Agora, conseguira finalmente pegar de jeito o primeiro, grande e redondo, botão de chifre. Bicou ele com firmeza! Os fios à sua volta estalaram, lentamente ele escalou até o alto. Agora já nem sequer conseguia gritar de tanta raiva. Tudo o que podia fazer era grasnar.

– Cráh . . . Cráh . . . Cráh . . .

O pequeno Jonathan tinha agora se refugiado no fundo da sala, onde se escondeu atrás do grande fogão de azulejos verdes. Um medo terrível apoderara-se dele. Queria gritar! Avô!! Mas não podia! Tinha um nó na sua pequena garganta . . .

O velho Pai Lorenz continuava sentado ali. A pequena mosca negra saíra da sua boca, zumbindo, e batia agora com as suas pequenas asas azuis, vítreas contra a grossa viga branca lá em cima.

– Palerma! Palerma! Palerma!

O pequeno esquilo vermelho metera as suas patas tortas entre as grades de arame da sua gaiola, de onde fitava o corvo com curiosidade. Este acabara de subir pela almofada de listras vermelhas até ao topo da poltrona e estava agora sentado mesmo em cima da cabeça do velho Pai Lorenz.

– Palerma! Palerma! Palerma!

O seu peito pontiagudo e desgastado enchera-se de ar, as suas asas pretas batiam.

O pequeno Jonathan só sentia vontade de começar a chorar.

Se o velho Pai Lorenz não acordasse agora, o corvo arrancaria a sua cabeça a bicadas!

– Avô! Avô!

Ah! Agora a velha besta preta tinha percebido a sua presença. As penas da sua cauda se eriçaram, os seus olhos cintilaram. O seu bico grosso e preto quase que o fizera tombar para a frente. Mas ele conseguiu sustentar-se!

– Cráh! Cráh!! Cráh!!!

De um golpe, saltara agora para cima da velha cabeça descoberta do velho Lorenz, com as suas garras afiadas e pontiagudas.

– Cráh!!!

O pequeno Jonathan sentiu um arrepio gelado escorrer pelas costas.

O velho Pai Lorenz não tinha dado um ai sequer!

A sua cabeça caíra para a frente sem ruído algum, a mandíbula batera no seu peito vermelho, encolhido, a boca fechara-se de forma horripilante, a pequena mosca preta que acabara de se aventurar novamente pela sua língua afora estava agora sepultada lá dentro. O velho corvo Jacob, por sua vez, rolara pelo assoalho amarelo e rugoso, caindo no meio da cinza espessa do cachimbo.

– Cráh! Cráh!!

Voltou a levantar-se, e veio coxeando, cheio de raiva, em direção ao pequeno Jonathan.

– Cráh! Cráh!

Tropeçou por cima do cachimbo.

– Cráh!

O pequeno esquilo vermelho voltou a fazer girar a sua gaiolinha como louco.

Ronrom . . . ronrom . . . ronrom . . .

O pequeno Jonathan batera a porta atrás de si. Já não queria saber de mais nada!

Só queria a mamãe, a mamãe!

Mas quando tropeçou por cima do velho e gordo Pluto, caindo bem no meio das galinhas pretas como carvão, os sinos tinham justamente começado a tocar lá ao longe na cidade.

E esse foi para o pequeno Jonathan seu primeiro dia de escola.

UMA MORTE.

Por fim, agora que o velho Svendsen lá embaixo terminara a sua monótona patrulha, nem mesmo Olaf conseguia aguentar mais tempo de pé.

A longa vigília, a névoa penetrante do fenol que enchia todo o quarto estreito e abafado, o tique-taque agudo do relógio de bolso vindo da mesinha do sofá, o fervilhar e o ladrar baixinhos e incansáveis com que o óleo se consumia no pequeno candeeiro com o pavio aparafusado mais abaixo, o seu próprio sangue zumbindo nos seus ouvidos e soando por um instante como o badalar de um sino distante e fino: tudo isso o anestesiava!

Deixara-se afundar ainda mais na velha poltrona de popelina ao lado da cama.

O líquido cintilante que enchia o copo a seu lado pela metade, e que ele em vão tentava fixar com os olhos, dissolvera-se agora numa mancha de luz alaranjada, desbotando gradualmente para o azul. Por fim, era apenas uma faísca vermelha acastanhada, que também acabou por se extinguir. Tudo parecia preto agora! O copo, a cama, o candeeiro, o quarto todo . . .

O queixo dele caíra sobre o seu peito, adormecera.

. . . Graças a Deus!! Voltara a despertar. Devia ter sido um camundongo.

Sacudiu-se.

A sua sombra, que agora se lançara longa e estranhamente achatada para o outro lado sobre a branca porta rebaixada, sobre o pequeno pedaço de papel de parede azul e sobre o velho teto do quarto enfumaçado, ia trazendo -o de volta a si.

Examinou o relógio.

Três!

O doente continuava deitado como se estivesse morto.

Curvara-se então sobre ele.

A luz turva e vermelho-ofuscante do candeeiro marcava a cavidade ocular ao lado do seu nariz afilado como um buraco profundo com arestas acentuadas no seu crânio.

– Pobre rapaz!

A grande toalha úmida tinha sido então ajustada cuidadosamente sobre a sua testa; ele havia se deixado cair outra vez em sua poltrona.

– Pobre rapaz!

E agora era apenas o suave e incansável fervilhar do candeeiro, o tique-taque do relógio, e Jens lá no fundo que, deitado sobre o velho sofá bambo, se virara em seu sono para o outro lado . . .

Olaf suspirou.

A mancha suja de luz amarelenta lá em cima no velho teto trincado tremia e tremia, o relógio tiquetaqueava, o pulsar do sangue zumbia, mas ele havia adormecido outra vez.

– O . . . Oolaf!!

Lá embaixo, em algum lugar do pátio silencioso, um par de gatos tinha acabado de esganiçar-se a ponto de rasgar os ouvidos; até Jens se levantara de um salto.

– Pelo amor de Deus! Que . . .

– Calem-se! . . . Bestas malditas!

Agora estava totalmente desperto de novo.

Jens bocejou.

– Ah . . . Ai! Eu . . . Acho que eu — cochilei um pouco!

Ele desabotoara o pincenê que tinha escorregado no sofá e o pressionara agora de volta em seu nariz achatado.

– Hm!

– Ele está melhor?

– Não. Ainda está dormindo!

– Hm!

Por um momento, tudo ficou quieto de novo. Até os gatos lá fora tinham se acalmado por um instante.

Jens olhou agora para seu relógio. Ele havia parado.

– Três! Não é mesmo?

– Sim! Ainda!!

– Que bom! . . . Ainda há cerveja?

– Sim! Eu acho.

Jens foi verificar. Suas meias de feltro grosso tornavam seus passos inaudíveis. Na frente da cama deteve-se por um instante.

– Olha! Talvez chegue até a melhorar!

Olaf apenas encolheu os ombros.

Um . . . dois . . . três . . . cinco garrafas ainda.

– Quer uma também?

– Não! Obrigado!

– Aah! Isso faz bem! – A propósito . . . que cheiro de mofo dos diabos!

– Sim! Penetrante!

– Horripilante! Horripilante!

Com as duas mãos enfiadas nos bolsos das calças, ele se pusera agora diante da janela.

– Essa bicharada maldita!

Olaf, que vinha vasculhando há algum tempo na pequena estante carcomida de vermelho sobre a cômoda, levantou a vista.

– Sim! Sabe Deus! A noite inteira, já!

Jens fitava agora o pátio lá fora. Ele havia aberto as cortinas.

Do outro lado, as duas janelas tinham imprimido dois quadrados turvos de luz sobre a parede escura da casa dos fundos; lá em cima, no topo de uma chaminé as silhuetas pretas de dois gatos se destacavam claramente contra o céu azul da noite. Duas ou três estrelinhas cintilavam exaustas sobre os telhados, cobertos por uma plácida luz cinzenta.

– Tegnér? Hm! Ora! Enfim, não importa!

De repente, os dois se viraram novamente inquietos.

Um estalido agudo cortara o silêncio sepulcral do quarto com nitidez.

– Não! Não! . . . Foi apenas o armário estúpido de novo!

– Eu já estava começando a pensar . . . Hm! Esperemos que não volte!

Por instinto, Jens respirara fundo.

Lançara-se agora, em todo seu comprimento, de volta ao sofá.

Olaf pusera o Tegnér próximo ao pequeno candeeiro antiquado, ao redor de cujo vidro estava enfiado uma grande folha de jornal amarelada. As suas pontas chegavam até a mesa abaixo.

As páginas se crepitavam em suas mãos. Apoiando-se no cotovelo, leu para si mesmo em meia voz.

> Que belo, o sol sorrindo! Que beleza
> De galho em galho . . .

Amassava as páginas novamente. O vinco entre suas sobrancelhas grossas e felpudas era ainda mais pronunciado.

Jens, que agora estava deitado de bruços sobre a almofada no braço do sofá, observando ao longe entre os arabescos das cortinas a pequena estrela verde acima da chaminé, entediava-se terrivelmente.

– Não prefere dormir um pouco?

– Não!

– Mas rapaz! . . . Por que não? Revezamos!

– Deixe-me! . . . Não consigo dormir!

– Aé! Na verdade! Eu também não!

Um longo silêncio instalara-se. Apáticos e cansados, os dois fixavam o olhar à sua frente.

– Ei!

– Sim?

– Nada!

– O que foi?

– Silêncio! Não está ouvindo nada?!

Ao fundo do corredor, algo remexia junto à porta de entrada.

– Ahá!

Sonolento, Jens pestanejava agora na direção de sua estrela lá fora.

– Hm!

Olaf continuou o folhear.

Lá embaixo, enquanto isso, haviam encontrado o buraco da fechadura e giravam a chave com dificuldade. Um cambaleio porta adentro.

– Ei! Escuta isso!

– E aí!? Ei, com mil diabos!

Alguém vinha subindo as escadas agora pisando forte. Agarrou-se ao corrimão. Às vezes, retrocedia uns degraus com estrondo. Bufava e resfolegava. Uma voz grave ressoou profunda e rouca. Por fim, arrastava-se agora pesadamente pelo corredor. Um corpo gordo batera com força contra uma porta. Uma praga cortada ao meio, então se endireitara adiante.

– Crendospadre!

Jens riu baixinho.

Agora até tinha se escorado contra a parede e roçava avançando ao longo dela. Alguns pedaços de cal tinham se esfarelado e se espatifavam sobre as tábuas do assoalho abaixo.

– Quê!!?! Sapo magnífico!

– Fica quieto!!

Vinha... sim!... vinha mesmo... em direção à porta?

Agora... algo pesado havia batido contra a porta! O baque surdo atravessara o quarto inteiro.

– Meu Deus! Que tipo de imbecil é este!!

Olaf dera um salto.

O próprio Jens também começava a achar a coisa demasiado esquisita...

Os dois estavam agora de pé no meio da sala, de olhos atentos colados na porta.

Alguém procurava a maçaneta a apalpadelas.

– Ou seja...

Ligeiro, na ponta dos pés, Olaf se dirigira agora à porta.

Mas, naquele exato instante, ela já havia sido escancarada, e uma massa informe e preta rolara sobre a soleira bufando para dentro da sala.

A corrente de ar fresco fizera o pequeno candeeiro ao lado da cama flamejar com vigor.

Jens saltou logo para acudir.

Com a ajuda de Olaf, conseguiu ao final por o bêbado de pé.

No brilho baço do candeeiro, uma face inchada azul-avermelhada,

olhava agora com seus olhos miúdos e nebulosos de forma estúpida ao redor da sala. Por debaixo do chapéu enxovalhado, entre os loiros cabelos ralos, a testa vermelha e gorda pingava de suor.

– Meu Senhor! Por favor!

Um engolir seco e um bufar foram a única resposta.

– O senhor se enganou!

– O que . . . hbf . . . qu . . . queêêê? Hbf! . . .

– O senhor se enganou!!

–Ah! . . . Des . . . des . . . hbf! . . . cul . . . pem . . . lá . . . hbf! . . . eu . . .

– Por favor!

– Hb! Hbf!. . .

Curvado sobre si mesmo o gordo retrocedera agora cambaleando de volta para o corredor. Olaf fechou a porta com firmeza e girou a chave . . .

– Bela vizinhança esta!

Por fim, eles voltaram a se acalmar.

Olaf folheava novamente o seu Tegnér, distraído, Jens tinha-se atirado de volta ao sofá e pestanejava sonolento, olhando através das cortinas.

Na cabeceira da cama, em algum canto, uma mosca perturbada pela luz zumbia sonolenta. Algures um rato farfalhava e roía . . .

O relógio de bolso tiquetaqueava, do armário ouvia-se o trabalho dos cupins. Lá em cima, no terceiro andar, uma porta finalmente se fechara.

Através do teto fino, ouvia-se claramente o despencar de algo pesado sobre a cama . . .

A luz opaca e pálida lá em cima sobre os telhados tinha se tornado agora um pouco mais clara...

Olaf se sacudiu. Tinha calafrios. Acochou o pavio da lamparina um pouco mais pra cima. O rosto aguçado e mortalmente pálido do doente, em cuja testa úmida sob a toalha os seus cabelos pretos e molhados jorravam emaranhados, se desenhava agora de forma ainda mais acentuada.

– Oh, Deus, ai!

Cansado, Olaf, havia repousado a cabeça sobre seus dois braços, apoiados agora contra a borda da mesa.

De repente, ambos saltaram de susto!

A cama havia rangido de forma nítida dessa vez.

Um ruído inquieto. Um gemido. Algo pesado como chumbo tinha estalado sobre o edredom felpudo.

Esbaforidos, os dois olharam naquela direção...

– Ah!... aaah!!...

Rapidamente Olaf curvara-se agora sobre o doente.

– Jens! Jens!

– Aqui!

O doente ficara ainda mais agitado agora. Sua cabeça girava para todos os lados. Seus olhos profundamente escuros, enterrados nas órbitas, esbugalhavam-se. Suas unhas arranhavam bruscamente o lençol da cama. Seus pálidos e azulados lábios se mexiam.

– Ei! Venha aqui!

– Sim!

Mas novamente jazia agora imóvel. Apenas suas longas e cadavéricas mãos puxavam agitadas o edredom. Durante alguns segundos, tudo ficou em silêncio . . .

Eis que quase inaudível:

– Água . . .

– Rápido! Rápido!

– Aí!

Olaf tinha se debruçado novamente sobre a cama com o copo. Cuidadosamente, ajeitara o braço longo e sinuoso do doente por baixo de sua cabeça. Erguera-o cautelosamente um pouco e encostou o copo em sua boca . . .

Com que avidez o doente bebera! Seus olhos errantes fixaram-se agora no círculo amarelo encardido que tremulava sobre os caibros do teto pintados de branco . . .

O estalido suave e trêmulo do copo vazio que Jens pusera de volta sobre a mesa e o relógio de bolso ali em cima.

– H . . . h . . . Vá! Vá em frente!!

– Ei! Ei!

– Sim!

– A postos! Pronto! Vá!! . . . Ah! . . . Aqui! Aqui! No flanco! . . . Ah! Aaah! . . . Isso dói! Isso dói, Olaf! Olaf! Whoo! Ui! O sangue! O sangue! A grama toda . . . aaah! . . . A grama toda . . . A grama toda . . .

Jens se sacudiu. Sentia arrepios.

Olaf tinha se curvado agora ainda mais sobre a cama.

– Martin! Martin! Meu velho rapaz!

A voz dele tremia um pouco.

– Jens! Uma toalha fresca!

– Aqui!

– Ah . . . a grama está . . . úmida! . . . fria . . . tão fria . . . Temos de ir embora, Olaf . . . O fiacre . . . lá embaixo . . . Calma, rapaz! Calma, rapaz! O sujeito vai ver só!! — Espera só! Espera só! . . . O carteiro? . . . Flinsberg, meu velho! Nem mais um xelim, palavra! . . . Dinheiro! Dinheiro! Mamãe enviou sim . . . Mãezinha! Mas vai ser duro pra ela, Olaf! Só que não dizem . . . Não dizem! Aqui, Senhor Doutor . . . Por favor . . . Maravilha! . . . os cereais . . . os pássaros . . . Ah, Senhor Doutor! . . . Me deixem! . . . Vocês não precisam me segurar . . . Eu consigo sozinho . . . Oh, não! . . . Me deixem!!

Ele revirava-se. Olaf enlaçara-o com ambos os braços agora.

– Não! Não! Me deixe, Jens! Não faça bobagem! Passa aqui a minha pasta! . . . Eu tenho que ir para a faculdade. Beba! Beba! . . . Jogue o resto fora! . . . Oh, meu Deus! Que bebedeira selvagem! . . . Mas . . . mas . . . Não, não mesmo! — Me deixem! — vai!!! . . . Ah — apenas me deixem! Deixe!! . . . *Silentium*! Vamos cantar!

Furioso, ele agitava agora seus braços raquíticos no ar à sua volta. Suas mãos longas e estreitas bracejavam nas articulações esqueléticas.

Olaf gemia.

– Vamos cantar! . . . A primeira canção! . . . Página . . . Não, sim! . . . Deixe! . . . Me deixem! — Vaaai!!!

– Jens! . . . agarra . . . com – firmeza!

– Vai! Vai!!! — Vaai!!!! . . . Me deixem! Me deixem!! . . . Aah! Aaahh!

– Firme! — Firme!!! . . . Ele — quer — fugir!!!

Uma ripa que tinha se soltado do velho estrado embaixo da cama caíra agora sobre o assoalho. Eles foram lançados de um lado para outro . . .

Por fim, conseguiram dominar Martin e deitá-lo novamente na cama revolta. Agora jazia ali exausto. Só balbuciava algo baixinho consigo mesmo. Jens voltara a cobri-lo cuidadosamente com o edredom jogado ao chão. Ambos respiravam ofegantes . . .

Lá fora, na vizinhança, um galo cantava agora.

– Ah! Isso dói! Isso dói tanto!!! Aah!! Aaaah!!! . . . Olaf! Olaf!!

– Sim? Meu rapaz? . . . Sou eu! E Jens! . . . Está melhor?

Debruçara-se novamente sobre ele. Seu peito ainda chiava. Mal podia falar.

– Sim! — Sim . . . O sol brilha de forma tão maravilhosa . . . lá fora . . . Hoje à noite. . . perto de Bergenhuus . . . na praia. . . Não é mesmo, Nora? . . . Oh, já é de manhã . . . É só um sapo! . . . Não, é . . . só um sapo . . . aqui! Aqui . . . A grama é tão bonita . . . Oh, não é? Nunca nos esqueceremos um do outro? . . . Nunca . . . nunca . . . Oh, não é mesmo? . . . Mais um beijo? . . . O quê? . . . Boa noite . . . A lua . . . tão bonita . . . lá . . . sobre o mar . . . tão vermelha . . . tão grande . . . tão graaande . . .

Ele jazia ali agora, com os olhos semicerrados. Sorria.

– Ele está se acalmando!

– É...

Olaf voltara a se levantar agora. Por um instante, esfregou seu braço. Jens limpara sua testa com as costas da mão.

– Tão frio... tão bonito... tão...

Olaf voltara a pressionar a toalha úmida sobre Martin. Jens se aproximara do candeeiro.

– Quatro... ainda só são quatro... h!...

Agora ele se encontrava de novo de pé junto à janela.

– Se ao menos fosse de dia!!

A luz pálida lá fora sobre os telhados ficara agora mais clara. A alvorada estendera um amarelo dourado sobre as telhas pretas e vermelhas, cobertas de musgo, e sobre a chaminé lá no fundo. O quintal estreito lá embaixo jazia em um crepúsculo cinza prateado. Vagarosamente o despertar da manhã rastejou pelo nicho da janela até chegar ao quarto abafadiço. O couro polido do sofá tinha começado a cintilar suavemente, e a mancha inquieta de luz acima do teto ia ficando cada vez mais pálida. O pavio do candeeiro, do qual Olaf havia tirado a folha de jornal, era agora apenas um anel de brasa avermelhado e fedorento.

O camundongo ficou em silêncio. Lá fora, o galo cantava novamente. Uma silenciosa rajada de vento arranhava a janela. Na vizinhança, uma fina fumaça branca era expelida de uma chaminé, encaracolando-se num pedaço quadrado de céu azul profundo acima das casas de fundo.

– Quando é que conseguem chegar aqui?

– Em duas horas, eu acho!

Jens tinha se virado novamente.

– Ei! Venha! — Rápido!

– Não! Não! . . . A enrolação não tem sentido! Queremos trabalhar agora! Trabalhar!!

– Ei!

– Por Deus! Por Deus!

Em silêncio, ele balbuciava consigo mesmo outra vez, baixinho.

De repente, em um piscar de olhos, com um arranco abrupto, ele havia se endireitado como uma flecha.

– Jens! Rápido! . . . Rápido! . . . Pra bai-xo Pra bai-xo O cura-tivo!

– Queremos cantar! . . . Queremos cantar!!

Martin cantou . . .

Sua voz ressoava rouca pela sala.

– Firme! Segure — firme!!

– Fttt!!! Esse foi um golpe fora das regras! . . . Peço ao senhor árbitro que constate . . . h!! . . . h!! Práqui . . . Aaaahh!! . . .

Martin passava ambas as mãos pelo seu corpo.

– Segure com força! Pelo amor de — Deus! . . . Ele — está rasgando . . . o — curativo!!

Martin raivava.

– Segure . . . como . . . você — puder!

A cabeça de Jens batera contra uma das pontas da cama.

– A desgraça da bala! . . . Minha vista escurece. . . tão escuro . . . Jens . . . eu . . . Eu estou . . . morrendo! . . . Estou — morrendo!! . . . Ida! Mãezinha! . . . Você estava tão orgulhosa de mim. . . Ah! Senhor Doutor? . . . Parabéns, meu caro rapaz! . . . Parabéns! . . . Mas, eu . . . eu quero! . . . Não, Nora! É só um sapo, menina! . . . Olha! . . . o mar . . . está ficando . . . totalmente preto . . . preto . . . Mãezinha! . . . Mãezinha . . . Tudo vai ficar bem . . . bem. . . Ah! Aaah!! . . . Boa noite . . . h! — h! — Boa noite, Senhor . . . S . . . Senhor — Doutor . . .

– Solte ele um pouco! — Ele está se acalmando de novo!

Jens se levantou. Sua respiração era pesada, arrastada. Ele olhou seu pulso. Estava azul. Algumas listras de sangue se estendiam ao longo dele.

– Apague . . . o . . . o candeeiro! Está queimando!

Exausto, Olaf tinha se afundado de novo em sua poltrona.

O quarto ia agora clareando. As portinholas de latão do fogão azulejado de branco ao lado da porta faiscavam baixinho. Lá fora, os pardais começaram a cantar. Do porto soou um apito.

Lá embaixo, uma porta batera. Alguém arrastava os sapatos pelo pátio. Um balde tinha sido enganchado à bomba. Agora a manivela da bomba guinchava. A água rugia em rajadas para dentro do balde. Lentamente, os passos voltaram pelo pátio. A porta bateu de novo.

Olharam para a janela iluminada. Involuntariamente soltaram um suspiro profundo.

– Ei! Olaf! Olha lá!

Olaf não respondeu. Apenas virara um pouco a cabeça para a cama.

– Está deitado ali como se estivesse morto!

– Eu acho que . . . Hm!

Olhou o relógio.

– Precisamos de um novo curativo! Passe-me o saco de gelo!

Jens passou o pacote de gelo fresco que estava sobre a mesa. Com cuidado, trocaram o curativo de Martin.

Olaf murmurou algo ininteligível por trás de seu longo bigode amarelo-palha.

– Acho que a ferida — não está suficientemente limpa! Com certeza, ainda restam ali dentro fibras de tecido da calça! . . . Olhe aqui!

Ambos haviam se abaixado até o ferimento de bala que Martin tinha na parte lateral de seu ventre.

–Ei! Veja só! . . . Está se alterando pra valer!

– Hm!

– Ele está tão quieto!

– Sim! Temos que mandar chamar o médico!

– Toco a campainha?

– Sim!

Jens se apressara até a porta. Estridente, a campainha ecoou lá embaixo pela casa ainda em silêncio...

O primeiro raio de luz solar brilhava agora dourado sobre os telhados até o quarto. Incutia um brilho claro sobre o papel de parede azul escuro acima da cama e projetava as cruzes da janela de forma tortuosa contra a parede. As lombadas dos livros na prateleira brilhavam. Os copos e garrafas na mesa começaram a cintilar. Os arabescos da moldura de bronze polido ao redor da pequena fotografia, em meio às ataduras brancas e rasgadas e a louça, rutilavam. Nos telhados lá fora os pardais faziam um barulho de louco. Lá embaixo, no pátio, algumas mulheres conversavam em voz alta.

– Raios! Que vizinhança mais selvagem é esta!!

Jens, que se movia em direção ao sofá, tropeçara em um par de botas jogadas no meio da sala sobre o tapete empoeirado e fora de lugar.

– Minha cabeça já não bate bem!

Mais uma vez ele havia se lançado pesadamente sobre o sofá, que estalara. Olaf não respondera.

Jens se alongara.

– A propósito . . . foi um duelo elegante!

– Sim! Muito correto!

– Sim! Muito honrado! — Para os dois!

– Eversen foi para o estrangeiro, não foi?

– Provavelmente!

Jens olhou pensativamente para os dois canos cintilantes da pistola sobre o sofá. —

– E se então aparecem por aqui?

– Hm!

– Aé!

Jens bocejou nervoso.

– Onde foi parar esta velha — lambisgoia?!

– Quando eles podem estar aqui?

Olaf levantara-se da cama.

– Acho que depois das seis?

– Hm!

– . . . ora, finalmente!

Jens levantara-se de um salto. Destrancou a porta apressadamente.

– Bom dia, meus senhores!

– Bom dia, Frau Brömme!

A pequena e raquítica Frau Brömme estava ali de pé com sua cara comprida, assustada e enrugada. Dirigira os seus pequenos olhos cinzentos, meio assustada, meio aborrecida, imediatamente para a cama. Com seus dedos esqueléticos, ela puxou o cordão do seu avental.

– Qual é a situação, doutor?

– Péssima! Mande chamar o médico o mais rápido possível!

Olaf não tinha desviado os olhos da cama.

– Oh, meu Deus! . . . Vai ser . . .

– E . . . traga um pouco de água fresca, por favor!

– Sim! É pra já! Pra já! Oh, meu Deus! Oh, meu Deus!

As últimas palavras chegaram já do lado de fora do corredor.

No cômodo ao lado, as coisas começavam a ganhar vida. Uma janela tinha sido aberta. Alguém afinava um violino.

– O filólogo! Ele se levanta todas as manhãs às seis e toca! Não poderíamos abrir um pouco a janela? É bonito de morrer!

– Sim! Um pouco!

Jens abriu. Respirando fundo, sorveu o ar fresco da manhã.

Suaves e lamentosas soavam as notas do violino, com o qual o filólogo tocava agora no quarto ao lado uma velha balada folclórica, pelo pátio ensolarado afora, misturando-se com o chilrear dos pardais e o arrulho e bater de asas dos pombos. De longe, através do ar claro da manhã, o bater claro e vibrante de um relógio de torre.

Ambos escutavam. Suas caras pálidas e exaustas pela vigília eram seríssimas... Do lado de fora da porta algo havia acabado de tilintar. Jens abriu. Frau Brömme entrou com o balde de água e café. Em passinhos apressados ela se dirigiu cuidadosamente até a mesa. Não tirou os olhos da cama.

– Aqui... aqui, Senhor Doutor! Um pouco de café, meus senhores! Santo Deus! E aqui está a água! Ó meu Deus, sim!

Olaf mergulhou uma toalha de rosto no balde e a torceu. Respingou. Frau Brömme acenou com a cabeça.

Jens bebericou de seu café.

– Que aparência essa a do jovem rapaz! Meu Deus! Ah, sabem, é um verdadeiro pecado, o duelo!

– Eh! O médico virá em breve, não?

– Já, já! Já, já, Senhor Doutor! Já, já! Oh, Deus! Um rapaz tão jovem, a quem sua mãe dedicou tudo! Desculpem-me, senhores! Mas digam vocês mesmos, meus senhores! E, no fim das contas, por uma bagatela, por nada, se pensarmos bem. Essa é a verdade, meus senhores!

Olaf e Jens tinham assumido uma expressão muito reservada.

– Ah, é! O que não se vê nesta vida, quando se aluga um quarto a estudantes durante vinte anos!

Cansado, Olaf tinha se afundado em sua poltrona.

– Oh, você deve estar mesmo cansado, Senhor Doutor!... Seria possível escrever um verdadeiro livro, não é mesmo! O senhor não acha? Havia um tal Herr Eriksen que morava aqui ao lado. Ele começou a delirar! Aqui! Na minha casa! Oh, Deus, se eu ainda...

– Hm! . . . Faria o favor . . . de trazer mais gelo!

– Gelo! Gelo! Sim, sim, Senhor Doutor! Já, já! Oh, meu Deus!

Saiu com seus passinhos apressados.

– Bruxa velha!

Olaf sussurrara entre os dentes. Jens se sacudiu. Sentiu um arrepio.

– Assustador!

No apartamento ao lado, soava ainda a balada através da fina parede de madeira. No quarto, as moscas começaram a zumbir . . .

– Ei!

– O que foi?!

– Não é estranho que esteja tão quieto?

– Sim! . . . E . . . Meu Deus! Olha só!! O nariz dele está — tão afilado? E . . . os — olhos . . .

Olaf tinha se debruçado rapidamente sobre Martin.

Havia agora um sorriso convulsionado ao redor de sua boca. Seus braços jaziam longamente sobre a cama revolta. O rosto agudo e afilado, sobre o qual o sol caia agora de viés, estava lívido feito cera.

– Não . . . já não — se sente — o pulso . . .

– O quê??

– Ah . . . Ele . . . ele está — morto??!

– Q . . . ??

– Morto!!

– Morto?? . . . Quer dizer . . . morto????

As palavras ficaram presas na garganta de Jens. Ele estremecia.

– Morto?

Era como se mastigasse as palavras.

– É . . . é . . . Eu quero . . . a senhoria . . .

– Deixa!!

Olaf tinha se curvado profundamente sobre o cadáver. Fechou os seus olhos.

Passara um minuto. Não se atreveram a olhar um para o outro.

Do lado de fora, passos leves se aproximavam agora pela escada acima. A senhoria conversava com alguém.

Eles se olharam entre si.

– Alguém está vindo!

– Ah . . . provavelmente — o médico!

Jens puxava o botão mais baixo de sua jaqueta. Sua respiração chiava suavemente. Sem se mexerem, olharam em direção à porta.

Agora . . .

– E . . . Entre . . .

– Por favor, minhas senhoras! Oh, meu bom Deus! . . . Por favor!

Afastaram-se da cama, embaraçados. Quase não ousavam levantar o olhar.

Na porta aberta encontrava-se uma senhora magra, de idade, vestindo um simples vestido preto estilo túnica. Ainda meio no corredor, uma carinha fresca e bonita, que parecia procurar ansiosamente por algo, espreitava timidamente por cima do ombro dela.

Em silêncio, com um meio sorriso, ela tinha entrado agora no quarto abafado e hostil. Levantara sua mão trêmula e quieta, através de cuja luva de cordel lilás brilhava um estreito bracelete dourado, como pronta a lançar uma pergunta . . .

Curvara-se agora sobre o cadáver . . .

Lá fora gorjeavam os pardais, os pombos arrulhavam no sol ofuscante da manhã. Da janela até a cama se estendia um feixe luminoso de poeira solar em torvelinho. No apartamento ao lado, soavam ainda os tons suaves do violino. . . . . .
. . . .
. . . .

– Mamãe!!!

Posfácio

Uma tradução de *Papa Hamlet*? Impossível! Como traduzir esse texto costurado por fragmentos de diálogo em dialeto berlinense, repleto de interjeições e atravessado por dezenas de citações de *Hamlet*, um texto que mesmo o público leitor alemão precisa "ler com atenção redobrada" (Moritz Baßler), até mesmo para entender o que está acontecendo, afinal, em sua trama? Difícil de acreditar que, em 1889, críticos literários se deixaram levar pela ficção de que esse desvario de linguagem seria de uma tradução do norueguês feita por um Bruno Franzius, sem desconfiar que, por detrás dos nomes de um autor inventado, Bjarne P. Holmsen, e do seu tradutor fictício, estampados na capa do livro, ocultavam-se dois jovens autores alemães vanguardistas, Arno Holz (1863-1929) e Johannes Schlaf (1862-1941). E foi justamente com esse livro escrito a quatro mãos que Holz e Schlaf inauguraram sua fama literária e deram início a um trabalho em conjunto por vários anos. É de se supor que uma das pretensões da ficção autoral e tradutória fosse atrair a atenção do público leitor alemão, já que os escandinavos causavam furor internacional naquele momento, sobretudo devido às peças de teatro de Henrik Ibsen. Mas é possível que também pretendessem, dessa forma, expor o conservadorismo da crítica alemã, como os próprios autores chegaram a afirmar posteriormente.

Uma vida miserável na boemia, como a que levam os protagonistas da narrativa e como já se desenvolvera enquanto *topos* na literatura europeia, não era alheia aos dois autores, que dividiam uma república na periferia de Berlim e então começaram a revolucionar a literatura de língua alemã com textos radicalmente "modernos". O jovem Arno Holz já havia chamado a atenção no grupo naturalista "Durch", ao lado de Gerhart Hauptmann e dos irmãos Hart. Para ele e para seus combatentes literatos, tratava-se de uma radicalização de um Realismo há muito ultrapassado e até mesmo da corrente literária em torno de Émile Zola. O "Naturalismo consequente" não significava de modo algum, para Holz e Schlaf, apenas uma opção para determinado material crítico-social, senão uma nova forma de representação. Na verdade, a fórmula de Holz "Arte = Natureza – x" parecia prenunciar exatamente o contrário, contanto que "x" devesse designar o recurso artístico. Esse Naturalismo constituía-se de um núcleo ainda completamente mimético, até mesmo radicalmente mimético, tendo como propósito abandonar fundamentos poéticos e idealistas que até então haviam sido imprescindíveis para os realistas alemães. Mas foi precisamente a mimese radical de um grosseiro evento cotidiano, como no caso de *Papa Hamlet*, que levou esses autores a composições que apresentam mais semelhanças com a prosa experimental de uma geração posterior de expressionistas do que com as narrativas de Gerhart Hauptmann, nas quais os narradores figuram mais como uma instância mediadora e elucidativa.

Ao se considerar a trama da narrativa, é possível notar como ela ainda se encontra marcada por uma abordagem típica do Naturalismo: pobreza, fome, alcoolismo e criminalidade, tudo isso alojado em uma boemia subproletária. Motivos que ambos os autores não precisariam conhecer por experiência própria, já que haviam se tornado um *topos* literário há décadas. O aguçamento naturalista da miséria parece mais próprio do gênero literário, por mais catastróficas que tenham sido as condições de vida da classe baixa no final do século XIX. Em todos esses textos fica demasiado evidente que não é permitida qualquer exceção do mecanismo que conduz inevitavelmente ao abismo. Neles, é como se agentes libertinos fossem incapazes de providenciar à sua existência até mesmo a menor das melhorias. Tal determinismo já está aqui pressuposto e não precisa ser sustentado por discursos extraliterários sobre causalidades biológicas.

A lógica da narrativa se constrói totalmente sobre o impulso dos personagens; Thienwiebel, Ole Nissen, Amalie e Frau Wachtel ganham seus contornos sobretudo através de suas falas. No caso do protagonista Thienwiebel, grande parte do texto são citações diretas de Shakespeare, com as quais ele se apresenta de forma estilizada como Hamlet. Dentro da narrativa, essas citações têm uma função tripla: através do intertexto definem uma melancolia aristocrática como atmosfera; através de metáforas obscuras sustentam o hermetismo da linguagem; e por último a discrepância grotesca entre o príncipe dinamarquês e o provinciano ator norueguês arruinado garante um efeito cômico, através do qual a miséria suprema pela qual passa essa sinistra família torna-se em alguns momentos até suportável ao público leitor, antes que ele seja completamente capturado pela atmosfera depressiva.

Por um lado, a mimese naturalista significa, para *Papa Hamlet*, o retratar impiedoso de um meio social histórico – mesmo que o adjetivo "impiedoso" já indique que talvez se trate antes de um projeto literário levado às últimas consequências, do que de um estudo científico, como era reivindicado por alguns críticos da época. Por outro lado, a mimese naturalista significa também o emprego de formas quase sempre alheias ao literário, marcadas pelo registro coloquial e dialetal, que causam um efeito de autenticidade, mas que também manifestam linguisticamente o respectivo caráter do personagem. Sua sucessão no nível sintagmático não resulta em qualquer narrativa coerente no sentido convencional do termo, assim como em qualquer tipo de drama, apesar da prevalência dos diálogos, em cuja maioria dos casos não é possível dizer ao certo quem é que de fato fala. Essa ininteligibilidade também se deve ao narrador, que em vez de orientar o público leitor com comentários esclarecedores se deixa infiltrar pelas apresentações alucinantes de seu protagonista. A narração oscila sempre entre o discurso direto e o discurso indireto livre e envolve o público leitor na perspectiva de Thienwiebel (como também na dos outros personagens) – algo parecido com o monólogo interior na novela de Arthur Schnitzler, *Leutnant Gustl*, publicada alguns anos depois, em 1900.

Mas, ao contrário da novela de Schnitzler, no caso de Holz e Schlaf, o encanto do texto se encontra menos no retrato satírico de um tipo social pertencente a uma classe ainda dominante e moralmente deslegitimada. Até certo ponto, a tensão entre os fragmentos de Shakespeare, representativos de uma alta cultura, e a existência banal do "grande" Thienwiebel, que as cita, produz aqui também um contraste crítico. As citações descontextualizadas e esvaziadas de seus significados tornam-se material linguístico, que se conecta com uma superfície textual feita de interjeições e anacolutos completamente sem sentido. Essa superfície é que perfaz o verdadeiro encanto de *Papa Hamlet*, desafiando no público leitor sua imaginação e poder de decifração, e o recompensando com a fruição da expressão grotesca e da lúdica quebra de tabus. A propósito, é difícil negar certa semelhança do personagem e da sua maneira de falar com os da peça *Père Ubu*, de Alfred Jarry, escrita praticamente no mesmo ano.

Nos outros dois textos que acompanham *Papa Hamlet*, sobretudo *Uma Morte,* a técnica narrativa é executada de forma ainda mais radical. Trata-se de apenas uma única cena, na qual dois estudantes fazem vigília noturna junto à cama de um colega ferido num duelo, que acaba morrendo. Como os autores quiseram apenas "protocolar" o que é perceptível no espaço onde se desenrola a narrativa e o que se passa na cabeça dos personagens, também neste caso não é tarefa fácil reconstruir o ocorrido. Trata-se – nos termos da teoria narrativa – de uma narrativa em tempo real, na qual o tempo narrado e o tempo da narrativa praticamente coincidem. As várias reticências já não são sinais de pontuação, senão marcações da duração de pausas, do tempo transcorrido. "Estilo imediato" (*Sekundenstil*) é como foi chamada esta mimese levada ao extremo. Mesmo que para os autores se tratasse ainda de uma apresentação fiel da "vida", experimentos como esse, na virada do século, deixam claro quão pouco de mera reprodução de histórias residia nesse projeto e quão mais interessante era na verdade o jogo literário com a linguagem.

E tudo isso agora em uma tradução para o português. Que era possível traduzir esse texto, já tinha sido provado em 1890. No prefácio da segunda edição de *Papa Hamlet*, sem mistificação e sob o nome dos autores reais, eles mencionam, não sem pouca satisfação, que uma tradução para o norueguês estaria a caminho. A edição que chega agora ao leitor brasileiro corresponde, no entanto, completamente à primeira edição alemã de 1889. Ela contém, além da novela *Papa Hamlet*, a introdução do tradutor fictício Bruno Franzius, assim como os dois contos *O Primeiro Dia de Escola* e *Uma Morte*.

Seguramente é mais do que uma curiosa coincidência o fato de a tarefa de tradução ter sido assumida não por um tradutor, mas por um duo de tradutores. Douglas Pompeu e Mário Gomes representam aqui, como falantes nativos e doutores em Literatura, as variantes do português brasileiro e lusitano. Ambos, cada um por si, já demonstraram virtuosidade na tradução de textos literários com alto grau de dificuldade, e a presente versão da primeira e estrondosa publicação de Schlaf/Holz é reproduzida aqui num trabalho em conjunto uma vez mais. Na busca e invenção de correspondências em língua portuguesa para as viradas mais desconcertantes do original, as competências linguísticas do brasileiro e do português parecem se complementar: cada um cria a partir de seu acervo em coloquialismo, floreios, interjeições e onomatopeias. Ao mesmo tempo, evitaram consequentemente a tarefa vã de traduzir o berlinense em um dialeto português ou brasileiro, criando assim um efeito que fugiria completamente do pretendido no original. Neste caso, basta a nitidez com que traduziram o registro oral já bem patente na tradução.

Nas passagens em que Holz/Schlaf empregam em sua colagem textual a tradução "clássica" de Shakespeare feita por August Wilhelm Schlegel, os tradutores recorrem à edição de Raimundo António Bulhão Pato (1828-1912), publicada em 1879 e que seguramente soa shakespeariana para ao público leitor lusitano. A escolha pela versão de Bulhão, muito provavelmente também usada nos teatros brasileiros naquela época, se justifica pela tentativa de não contemporanizar o texto de Shakespeare e manter visível na tradução parte da linguagem da virada para o século XX. Sem o estranho eco das palavras dramáticas de *Hamlet* na fala grosseira do "grande" Thienwiebel, o texto perderia seu sentido e seu encanto estético. Tendo em vista que no *Hamlet* de Bulhão Pato o verso livre se dissolve inteiramente em forma de prosa, enquanto que na tradução de Schlegel usada em *Papa Hamlet* o texto de Shakespeare é recitado reiteradas vezes em forma de verso, com exceção para as passagens, que a fala em versos se desagrega em fluxos fragmentados de consciência do protagonista e no discurso indireto livre do narrador, é curioso aliás que os tradutores transponham o texto de Bulhão em muitos casos na forma de versos.

Com particular ênfase é preciso mencionar o êxito dos tradutores em se dedicar devidamente não apenas aos difíceis aspectos semânticos e estilísticos do original, como também à composição prosódica do texto. Pois não se trata de uma mera transcrição do discurso oral – que só muito dificilmente seria tão sonora – mas de uma construção literária altamente artística com a qualidade de uma partitura. Somente através da leitura em voz alta o sentido e a categoria literária do texto alemão se revelam.

A publicação da tradução desse texto altamente peculiar e ao mesmo tempo significativo para a História Literária Universal abre agora um caminho inédito ao público de língua portuguesa nos dois continentes, e se espera que estimule debates futuros sobre o Naturalismo e seus desenvolvimentos literários até o presente.

São Paulo, abril de 2022

Helmut Galle

Este livro foi impresso na gráfica PSI7,
em papel pólen soft 80 g/m^2 e cartão 250g/m^2
e composto em Garamond Premier Pro.